KB114922

한의 스페셜리스트 3

가프 장편소설

초판 1쇄 찍은 날 § 2018년 3월 23일
초판 1쇄 펴낸 날 § 2018년 3월 30일

지은이 § 가프
펴낸이 § 서경석

총괄팀장 § 최하나
편집책임 § 이선근
편집 § 김슬기

펴낸곳 § 도서출판 청어람
등록번호 § 제387-1999-000006호
등록일자 § 1999. 5. 31
어람번호 § 제1-2876호

주소 § 경기도 부천시 원미구 부일로 483번길 40 서경B/D 3F (우) 14640
전화 § 032-656-4452 팩스 § 032-656-4453
http://www.chungeoram.com
E-mail § chungeorambook@daum.net

ISBN 979-11-04-91693-9 04810
ISBN 979-11-04-91658-8 (세트)

3

가프 장편소설
FUSION FANTASTIC STORY

한의 韓醫
스페셜
리스트

도서출판
청어람

韓醫
한의
스페셜
리스트

Contents

1. 신침(神鍼)의 위엄

이 작품은 작가의 창작입니다. 실제 한의술과 다를 수 있습니다. 소설로만 읽어주시면 고맙겠습니다.

이틀 뒤, 윤도가 도착한 곳은 광희한방대학병원이었다. 국내 최고 수준을 자랑하는 한의학의 산실이다. 당연히 인턴, 레지던트의 수련의 과정도 있다. 1+3년 과정이다. 이 4년 과정을 마치면 전문의 시험을 볼 수 있다. 합격하면 한의사전문의가 된다.

한의사전문의?

아직도 일각에서는 한의사전문의 제도에 잘 모르는 사람이 많다. 하지만 한의사도 현대 의학 의사와 마찬가지로 전문의 제도를 두고 있다. 한방에는 8개의 전문 과목이 있어 그 분야의 전문의를 배출한다. 침구과, 한방부인과, 한방내과, 한방안이비인후피부과, 한방재활의학과, 사상체질과, 한방소아과, 한방신경정신과 등이 그것이다. 이 제도는 2000년부터 본격 시행이 되었다.

광희한방대학병원은 동서의학 협업을 표방한다. 따라서 MRI와 CT 등의 첨단 진단기도 사용하고 이화학적 검사도 실시한다. 그것을 담당하는 영상의학전문의나 병리전문의도 있다. 그렇다고 해도 병원의 중심 가치는 당연히 '한의학'이었다.

지방 한의대에 다닐 때, 윤도 꿈 중 하나가 이 병원에 수련의로 오는 거였다. 하긴 누군들 그렇지 않았을까? 이 병원에 간다는 건 의사들이 S대 병원이나 SS병원 코스로 가는 것과 다르지 않았다. 하지만 인턴 지원 과정부터 분루를 삼킨 윤도였었다.

로비에 들어서자 한약 냄새가 은은하게 풍겼다. 마음이 편해졌다. 늦은 밤까지 의서(醫書)를 뒤적거린 피로가 풀리는 거 같았다.

새로운 도전.

그 계기가 윤도의 열정을 데워주었다. 짧은 시간이지만 의서를, 의술을, 처방을, 차곡차곡 머리에 새기고 왔다. 최고의 대학병원이니 무엇이든 지잡대 어리바리 취급을 받고 싶지 않았다.

똑똑!

윤도가 노크한 곳은 진료부원장실이었다.

"혹시 채윤도 선생님?"

부원장 여비서가 먼저 물었다. 귀띔을 받는 눈치였다.

"예……."

"들어가세요. 장 박사님도 도착해 계십니다."

여비서가 부원장 방으로 통하는 문을 가리켰다. 가벼운 노크와 함께 문을 열었다.

"이어, 채 선생."

소파의 장 박사가 반색을 했다. 옆에는 부원장 길상구가 보였다.

"인사드리시게. 여긴 진료부원장님 길상구 박사."

장 박사가 부원장을 소개했다.

"처음 뵙겠습니다."

"앉으시게. 그렇잖아도 장 박사님 입에 침이 마를 지경이라 궁금하던 참이었는데……."

부원장이 자리를 권했다.

"정말 약관이군. 이번에 공보의 특별 제대를 하셨다고?"

"예."

"장침 하나로 일곱을 살린 신의가 이런 사람이었군."

"과찬이십니다."

"나도 사실은 그 뉴스 듣고 과장이 심하다 싶었는데 장 박사님이 증인을 서시니 안 믿을 수도 없고… 게다가 TS 이 회장님 남매까지 회생시켰다고?"

"예……."

"대단하군. 그 따님은 나도 장 박사님 따라가서 상태를 본 적이 있는데… 장침 하나로 양·한방 의료계가 두 손 든 질환을 고치다니……."

"그저 성심껏 하다 보니……."

"아닐세. 나도 이 회장님과도 아는 사이고 그 따님이 사업 감각에다 지혜까지 출중해 어떻게든 일조를 하고 싶어 우리 의료진들과 머리를 맞댔는데도 방법을 찾지 못했거든. 이건 엄청난 사건이야. 그 사례를 정리해서 논문으로 발표할 생각 없으신가?"

'논문?'

"한의학 발전에 도움이 될 걸세. 좋은 비방은 서로 나눠야 한의학이 발전할 거 아닌가?"

"그렇게까지 생각지는 못했는데 천천히 고려해 보겠습니다."

"이야, 이거 고만고만한 재원들만 바글거려서 어쩔까 싶었는데 이제야 하늘이 내린 의원이 난 모양이군. 내 장 박사님 말 듣고 기분이 좋아서 새벽처럼 출근을 했어요. 보아하니 아직 거취를 정하지 않았으면 아예 우리 병원으로 오시면 어떻겠나?"

즉석에서 컨택 제의가 들어왔다.

"말씀은 고맙지만 곧 개업을 하게 되었습니다."

"개업?"

"예. 아무래도 제 취향이……."

"허어, 내가 진작 이런 인재를 알았어야 했는데 병원에 매어 살다 보니 근시안이 되어서……."

"호의를 받아들이지 못해 죄송합니다."

"아닐세. 자리가 어디든 무슨 상관인가? 의원이란 인술을 떨치면 그만인 것을."

"이해해 주시니 고맙습니다."

"자, 사설은 그만 하고 본론으로 가시지. 길 박사가 지금 채 선생 침술이 궁금해서 죽을 지경이거든."

관망하던 장 박사가 상황을 정리했다.

"어이쿠, 역시 장 박사님은 탕약도 9단이고 심리도 9단이십니다. 말은 이래도 눈에서 장침이 어른거리고 있거든요."

부원장이 웃었다. 부원장은 장 박사의 후배였다. 그 역시 대한민국 한의계에서 10걸에 꼽히지만 장 박사에게는 깍듯했다. 그렇기에 3주 정도 임상 연수를 받고 싶다는 드문 요청을 수락한 것이다.

잠시 후에 한 사람의 한의사가 묵직하게 들어섰다.

'조수황 교수?'

윤도의 긴장이 한 레벨 올라갔다.

조수황 침구과장.

그 또한 한의계의 거두에 꼽혔다. 양주동 박사 이후로 한국 침술 명맥을 이어가는 사람 중의 하나로 명의만 출연하는 명의 열전 프로그램에도 소개된 침구의 권위자였다.

"이쪽이 그 사람일세. 여객선에서 침 하나로 우리 한의학을 띄워놓은 채윤도 선생."

부원장이 윤도를 소개했다. 윤도가 꾸벅 인사를 했다.

"어리네?"

조 과장 표정은 무심했다. 새로 온 인턴을 대하는, 딱 그 눈빛이었다.

"내가 채 선생 재주 좀 보고 싶은데 좋은 케이스가 있을까?"

부원장이 조 과장을 바라보았다.

"차근차근 가는 게 좋지 않겠습니까?"

조 과장은 헐렁하지 않았다. 대한민국 최고 한방병원의 실무 침구과장. 아직 윤도의 실력을 모르니 경계하는 것이다. 다만 부원장의 청이다 보니 순화된 단어로 검증을 제시하고 있었다.

검증!

검증이었다.

앞선 과정이 있었다. 조 과장의 특진 예약 환자들이었다. 그의 침술을 볼 수 있는 기회였다. 첫 환자는 통증 클리닉 침대였다. 늑간신경통이었다. 장년의 남녀에게 흔히 생기는 질환이다. 윤도도 섬에서 여러 사례를 접했던 그 늑간신경통.

'양능천, 대포, 족임읍, 외관혈……'

병명을 들은 윤도가 혈자리를 상기했다. 조 과장의 침도 크게 다르지 않았다. 윤도와 다른 것은 통증 부위에 부항을 떠서 피를 낸 것뿐이었다. 침은 주로 호침이었다. 능숙하고 노련하게 혈자리를 차지했다.

그런데!

마지막 침 하나가 윤도 시선을 끌었다. 색깔이 달랐다.

'동침?'

그건 동으로 만든 침이었다. 특별한 경우, 주로 강한 자극이 필요할 때 쓰였다. 동침은 혈자리에 들어가기 무섭게 다시 나왔다. 전광석화의 침이다. 환자의 입이 쩌억 벌어졌다가 닫혔다. 효과를 본 것이다.

'역시……'

윤도의 고개가 절로 끄덕여졌다.

두 번째는 미용 클리닉 특진인데 조금 색달랐다. 요즘 돈이 되는다는 미용침이었다. 50대 초반의 여성 환자였다. 원래는 이비인후피부과 환자. 까다로운 환자였는지 조 과장에게 맡겨진 시침이었다. 거기서 조 과장이 꺼내든 게 매선침이었다.

매선침.

전통적인 침과는 쓰임이 조금 달랐다. 쉽게 말하자면 미용침으로 봐도 무방했다. 이 침의 원리는 피부 진피층에 실을 주입하여 당겨주는 시술이며 이로 하여 소위 브이 라인 리프팅 효과까지 얻을 수 있었다. 매선침은 녹는 실이라는 '매선'을 피부 속에 넣어 팔자 주름을 당겨주거나 코를 높이는 위력까지 발휘한다. 나아가 피부에 자극을 줌으로써 콜라겐과 에라스틴 조직 생성을 촉진하여 처진 피부를 개선하고 피부 재생 효과를 높인다. 성형외과 시술에도 뒤지지 않는 침이었다.

윤도가 부원장으로 있던 강남의 한의원 원장도 매선침을 선호했다. 돈이 되기 때문이다. 미용이나 비만은 한의원의 새로운 돌파구이기도 했다.

특히 비만은 단순히 살의 문제가 아니라 만성병이었다. 성인 비만 인구는 1976년 1억 명에서 출발해 2016년에는 6억을 찍으며 6배나 폭주했다. 여기에 어린이 비만도 가세했다. 그렇기에 비만 시장은 한의학에 있어서 더욱 매력적인 분야였다.

갈매도로 간 후로 만져보지 못한 매선침. 조 과장은 담당과 레지던트와 함께 시침을 했다. 대학병원의 매선침은 윤도에게 새로운 침의 보여주었다.

마지막은 봉독약침 클리닉의 봉독약침이었다.

봉독약침은 말 그대로 벌의 독성분을 침으로 놓는 치료였다. 벌 독의 성분 중에서 인체에 좋은 멜리틴, 아파민, 아돌라핀 등의 성분을 추출해서 경혈에 주입하는 침술이다. 악성 만성 신경통과 요통, 관절염 등에 애용한다. 침이 들어가자 환자의 긴장이 노곤하게 풀리는 것이 보였다. 침발이 끝내준다는 증거였다.

다음 방에서는 동안침 시침을 참관하게 되었다. 뷰티 클리닉 쪽이었는데 그쪽 과장의 시침이었다. 30대 중반의 여성 얼굴에 침 꽃이 피었다. 얼굴에 침이 차곡차곡 쌓였다.

침은 귀뿌리가 시작되는 이문혈, 청궁혈, 청회혈부터 눈가 주름 예방에 좋다는 승읍혈과 사백혈, 광대뼈 바로 아래의 관료혈, 마금수, 마쾌수혈까지 빼곡하게 자리를 잡았다.

동침.

봉독약침.

그리고 매선침.

오랜만에 윤도 눈이 호강을 했다. 중국 명의순례 이후 처음이었으니 역시 대한민국 최고 한방병원다웠다.

"준비되었습니다."

조 과장의 시침이 끝나자 여자 인턴이 보고를 해왔다. 그녀는 바로 침구과 막내 인턴 안미란이었다.

"마 선생, 송 선생은 어디 있나?"

"병실에서 시침하고 있습니다."

"다들 오라고 해."

조 과장의 지시가 떨어졌다. 침구과 수련의들에게 윤도의 시침 참관을 명한 것이다.

대학병원에서의 시침!

윤도가 살짝 긴장 모드에 들어갔다.

저벅저벅!

부원장과 조 과장이 앞서 걸었다. 영광스럽게도 윤도가 그다음이었다. 꼬리에는 수련의들이 붙었다. 수근거림이 윤도 등을 넘어왔다.

"저 친구가 심장마비자들을 구한 명의라고?"

첫마디의 주인공은 2년 차 레지던트 과정을 밟는 송재균이었다. 그는 조 과장의 소개로 인사를 나눌 때부터 마뜩치 않은 인상이었다.

"말이 됩니까? 방송이 부풀린 거지……."

"아니면 돌부리에 양능천을 찔려 아픈 다리가 나은 격일 겁니다."

수련의들은 일심동체로 윤도의 기적을 평가 절하 했다. 당연한 텃세였다. 개의치 않았다. 텃세라면, 갈매도의 창승에게서 만리장성급 면역력을 쌓은 윤도였다.

"초빙 선생님이 특별히 진맥 좀 보겠습니다."

침구실의 간호사가 환자에게 동의를 구했다. 환자는 61세의 송순분이었다. 대학병원이기에 지켜야 할 절차도 많았다.

보시게.

조 과장이 눈짓을 보냈다. 뒷줄의 윤도가 앞으로 나섰다.

'채윤도……'

스스로에게 최면을 걸었다.

광희한방대학병원에 왔어.

한의대 다닐 때 그렇게 취업하고 싶던 그 한방대학병원.

인턴 응모에서 장렬하게 물 먹은 그 병원.

뒤에는 이 병원의 부원장님과 난다 긴다 하는 침구 전문가가 있고…….

그래도 쫄지 마.

넌 그때의 윤도가 아니야.

차분하게… 모든 잡념은 내려놓고 오직 환자만.

집중 그리고 집중.

알았지, 채윤도?

주기도문처럼 마음을 가라앉힌 윤도가 환자 손목을 잡았다.

"……"

가만히 눈을 감았다. 머리에 환자의 맥이 들어왔다. 맥을 따라 경락이 펼쳐졌다. 낙맥의 그물도 이어졌다. 임맥을 보고 독맥을 보았다. 오수혈과 원혈, 팔회혈도 나누어 보았다.

‘위장……’

진단이 나오기 시작했다.

‘변비……’

병인을 짚어가다 숨을 멈췄다.

“……!”

확인 후에 한 번 더 확인. 진단의 뿌리가 환자의 머리까지 왕복한 후에야 확신을 가졌다. 표면에 드러난 위장과 변비는 페이크였다. 그녀의 진짜 질환은 따로 있었다.

“끝났습니다.”

마침내 윤도가 손을 떼었다.

“어때요?”

환자가 물었다. 질문을 따라 침구과장과 부원장의 시선이 쏠려왔다. 윤도의 의술이 또 한 번 도마에 오르는 순간이었다.

“말씀드려도 될까요?”

윤도가 침구과장의 의향을 타진했다. 그가 야전 사령탑이니 허락을 구하는 것이다.

“말해 드리세요.”

침구과장이 허락 사인을 날렸다. 동시에 그의 눈은 환자의 차트에 가 있었다. 부원장도 그랬다.

그들은 다들 환자 차트가 저장된 진료 PDA를 지참하고 있었다.

“위가 더부룩하시죠? 속도 좀 쓰리고요?”

“네……”

"변비도 심한 편이네요. 한 나흘 정도 변을 보지 못한 거 같은 데요?"

"맞아요. 과장님이 약을 주셨는데도 오늘 아침도 용만 쓰다가 실패……."

환자가 대답했다.

윤도의 진단에 바로 반응한 건 부원장이었다. 그가 보고 있는 환자의 기록과 같았다. 진맥만으로 정확하게 짚어내는 윤도였다.

변비.

큰 병이 아닌 것 같지만 그 또한 고질병이다. 탈 없고 간편하고 효과 확실한 변비약만 개발해도 재벌이 될지 모른다.

"약은 얼마 동안이나 먹었죠?"

"과장님께 말씀드렸는데… 다른 병원에서 꽤 오래 받아먹었어요. 여기서도 주신 탕약을 일주일 치나 먹었는데 큰 차도가 없어요."

"제가 침을 한번 놔드려도 될까요?"

"침도 저번 주에 배하고 다리에 맞고 갔는데……."

"괜찮겠습니까?"

윤도가 침구과장과 부원장을 바라보았다.

"그러세요."

침구과장이 응수했다. 중병이 아니니 지켜보려는 의도 같았다. 환자가 침대로 올라가 누웠다. 그리고 스스로 배 부위의 옷을 걷었다.

"걷지 않으셔도 됩니다."

윤도가 환자의 손을 막았다. 그런 다음 침통을 꺼내고 장침 세 개를 뽑아 들었다. 그 첫째가 향한 건 얼굴이었다.

"……!"

순간, 침구과장이 흠칫 반응을 했다. 변비와 속 쓰림의 혈자리가 아니었다.

"채 선생."

침구과장이 호칭으로 견제를 날려왔다. '당신, 뭐 착각한 거 아니야?' 그런 압박이 담긴 호명이었다. 하지만 부원장이 과장의 팔을 잡았다. 그냥 둬보라는 사인이었다.

"부원장님."

침구과장은 수긍하지 못했다. 유명세를 떨쳤다지만 고작 공보의를 마친 신출내기였다. 그런 그가 검사 결과와 다른 시침을 하려 하니 반응하지 않을 수 없는 것이다.

'잠깐만…….'

부원장이 눈짓이 이어졌다. 침구과장은 날숨을 누르며 인내심을 발휘했다.

윤도의 첫 장침은 인당으로 들어갔다. 인당은 좌우 눈썹 안쪽을 잇는 선의 한가운데 자리한다. 차크라라고도 하고 제3의 눈으로도 부른다. 가지런히 장침을 넣은 윤도가 침 끝을 돌려 혈자리를 잡았다. 그만하면 되었다고 생각하자 시침 자리를 옮겨갔다. 손바닥이었다. 그 중앙의 노영혈이었다.

"으음……."

침구과장은 팔짱을 낀 채 고개를 저었다. 이 초짜는 점점 엉뚱한 길로 빠지고 있었다. 마지막 장침은 엄지발가락 위의 혈자리였다. 호침을 놔도 될 것인데 굳이 장침이다. 수련의 과정도 거치지 않은 놈. 겉멋만 잔뜩 들었다. 저러다 의료사고라도 내서 된통 당하지. 한숨에 더해 혀까지 차려던 침구과장, 환자의 얼굴을 보다가 숨을 멈췄다.

'설마?'

침구과장의 미간이 벼락처럼 일그러졌다. 환자의 얼굴이 부드럽게 펴지고 있었던 것이다.

"……!"

침구과장의 눈이 바삐 차트를 점검했다. 환자의 병명은 위장장애와 변비였다. 그런데 이 초짜 한의사는 엉뚱한 혈자리를 잡았다. 세 혈자리를 놓고 판단한 결과 윤도의 진단은 다른 데 있었다. 그건 우울증에 주로 쓰는 혈자리였다.

우울증!

'맙소사.'

침구과장은 후들거리는 다리에 힘을 주고 버텼다. 병 뒤에 숨은 병, 그걸 찾아낸 윤도였다. 그러니까 지금 침을 맞은 저 환자가 확인을 시켜준다면… 그래준다면 말이다.

시간을 체크한 윤도가 침을 뽑았다. 장침의 기 조화가 인체를 한 바퀴 돌았을 시간이었다. 그냥 뽑은 게 아니라 안의 나쁜 기운을 함께 뽑아냈다. 싸아아, 나쁜 기의 방출이 보였다. 물론 윤도에게만 그랬다.

"어떠세요?"

윤도가 환자에게 물었다.

"속이 좀 편한 거 같아요."

환자 입가 주름이 편안하게 펴졌다. 잔뜩 긴장하던 아까와
는 딴판이었다.

"……!"

그 말과 함께 침구과장의 미간이 꿈틀거렸다. 그의 추측이
맞은 것이다.

"시침을 허락하신 보답으로… 이건 보너스입니다."

다시 장침 하나가 환자의 손바닥 끝 신문혈로 향했다. 침의
각도는 비스듬히 누웠다. 혈자리에 따라 자연스레 바뀌는 각
도. 그렇기에 어디든 장침을 쓸 수 있는 윤도였다. 유난히 작은
혈자리를 적중하자 자극이 벼락처럼 출발했다. 자극이 원하는
부위로 달려갔다. 그 도달을 느끼는 순간, 울컥 환자의 혈자리
가 움직였다.

"어머!"

환자가 배를 움켜쥐었다.

"아프세요?"

진료를 지원하던 간호사가 물었다.

"아프긴 아픈데… 그 신호예요."

환자가 얼굴을 붉혔다. 윤도는 개의치 않고 강한 자극을 더
했다.

"아이고, 선생님, 저 쌀 것 같아요."

환자가 애달픈 눈짓을 보내왔다.

"그럼 그대로 다녀오세요."

윤도가 복도를 가리켰다. 환자는 침을 꽂은 채 한 손으로 배를 움켜쥐고 화장실로 달렸다.

끝났습니다.

윤도는 침구과장과 부원장을 향해 가벼운 목 인사를 전했다.

"대뇌를 잡은 건가?"

침구과장의 목소리가 묵직하게 나왔다.

"예."

"진맥만으로 알았단 말인가?"

"환자가 불편한 건 속 쓰림과 변비였지만 그 시작은 대뇌와 위장 신경축의 부조화였습니다. 그러니 위장과 변비를 치료하는 건 임시방편에 불과할 것 같아서 원인 쪽을 잡아보았는데 운 좋게 맞아떨어진 것 같습니다."

"……!"

침구과장은 말문이 막혔다. 수련의들도 일동 '설마' 하는 분위기였다. 위가 아픈 환자… 대부분 위장병을 의심한다. 하지만 윤도는 거기서 멈추지 않았다. 우울증 같은 게 발생하면 대뇌와 내장 신경 라인이 과잉 작용한다. 위에서 일어난 작은 통증이 확대되어 뇌에 전달되는 것이다. 대뇌는 다시 내장으로 큰 신경 자극을 보낸다. 작은 통증이 큰 통증으로 느껴지는 기전이었다.

그러나 이는 대뇌와 소화기가 쌍방향 신경축으로 연결되었다는 걸 모른다면 진단할 수 없는 일이었다. 안다고 해서 다 잡아낼 수 있는 것도 아니다. 그렇기에 임상 경험이 많은 의사도 종종 놓칠 수 있는 부분이었다. 그걸 초짜 한의사가 가려낸 것이다. 물론 우연일 수도 있었다. 하지만 정확성으로 보아 우연은 아니었다.

"내가 조 과장 말리길 잘했지?"

지켜보던 부원장이 웃었다.

"부원장님도 알고 계셨군요?"

"짐작만 했지. 그보다도 판 깔아주고 텃세 부리는 것도 갑질 같아서 말이야."

그사이에 환자가 돌아왔다. 환자는 윤도 앞에서 꾸벅 인사를 하며 소리를 높였다.

"아유, 정말 고마워요. 속도 시원하게 뚫리고 변비도 시원하게 뚫렸어요. 내가 똥을 한 바가지나 쌌지 뭐예요."

똥 한 바가지.

평소와 달리 하나도 역겹지 않았다.

환자는 날아갈 듯 가벼운 마음으로 병실을 나갔다. 윤도를 만나지 않았으면 계속 위장약과 변비약을 오갔을 일이었다. 설령 원인을 아는 의사를 만난다 해도 우울증 약을 복용하는 건 피할 수 없었다. 약 먹어서 좋을 거 뭐가 있을까? 그 모든 것을 원샷에 해결한 윤도였다.

이 환자는 내시경과 혈액검사도 모두 정상이었다. 원인 모를 속 쓰림에 변비. 자칫하면 신경성, 혹은 스트레스로 병명이 나갈 수 있었다.

물론, 그 원인은 스트레스였다. 몸이 가뜬해진 환자가 인증을 해주었다. 그녀의 딸 때문이었다. 명문대를 나온 딸이 있었다. 명동에서 액세서리 노점상 하는 남자와 눈이 맞았다. 빈부귀천 같은 건 따지지 않았다. 문제는 그 남자가 주폭(酒暴)이라는 사실이었다.

—도박, 주사, 바람기.

세 가지를 인생 금기로 여기던 환자였기에 딸의 결혼을 반대했다. 딸은 집을 나가 남자와 살았다. 혼인신고도 미루고 아기를 낳았다. 출산을 하자 남자의 술주정이 극에 달했다. 아기를 집어 던져 중상을 입혔다. 딸도 얻어맞아 병원 신세를 졌다.

이혼을 하게 되었다. 딸은 상처와 아기를 떠안고 친정으로 귀환했다. 볼 때마다 억장이 무너졌다. 위가 아프기 시작했다. 약을 먹어도 해결되지 않았다. 마음의 불안과 짐이 위장 근육의 경련을 일으킨 것이다. 환자의 사연이었다.

"과연!"

부원장이 고개를 끄덕거렸다.

그길로 21일짜리 '임시' 의료진 신분증이 주어졌다. 그래도 침구과장의 표정은 헐렁해지지 않았다. 한 사례로 인정하기에는 의술에 따르는 책임이 막중하기 때문이었다.

"여긴 채윤도 선생. 한 3주 정도 우리 과에서 주로 임상 연수를 하며 침술을 하게 될 거야."

회의실에서 조 과장이 스태프와 수련의들에게 정식 인사를 시켰다. 수련의들은 표정은 여전히 우호적이지 않았다. 지잡대 한의과 나온 초짜 한의사의 임상 연수. 어떻게 봐도 '특혜'나 '의문'의 다른 이름이었다.

저벅저벅!

병실 복도에 발소리가 울려 퍼졌다. 이번에도 침구과장과 부원장이 선두였다.

'농아… 혹은 언어장애……'

뒤에서 걷는 윤도의 머릿속에 들어온 단어였다. 침구과장의 시침 허락이 떨어진 환자였다. 나이는 열세 살, 이름은 신혜선, 초등학교 6학년이었다. 사고로 언어중추를 다쳐 발음에 문제가 생겼다.

우어어어아아!

거의 언어장애인급이 되어버린 것이다.

그렇다면 왜 이런 환자를 택한 것일까? 윤도는 침구과장의 속내를 알았다. 열쇠는 아문혈이었다.

아문혈.

기경팔맥의 하나인 독맥에 속한다. 황제내경에는 음문혈이라 하지만 동의보감에는 아문혈로 나온다. 설횡혈, 혹은 설염혈로도 불린다. 언어장애나 실어증 등에 시침한다. 혀 신경이 나가는 곳으로 혀가 굳은 경우에도 애용한다. 위치는 중뇌 아래의 연수에 가깝다. 자칫 실수하면 연수를 찌를 수 있어 위험한 혈로 분류된다. 그렇기에 한의사에 따라서는 침놓기를 꺼리거나 혹 놓는다 해도 깊이 넣지 않기도 했다.

그런데 윤도의 주 무기가 장침이었다. 침구과장은 아문혈에도 자신이 있는지 볼 생각이었다.

"어떠신가?"

벽으로 돌려 앉힌 환자 앞에서 침구과장이 물었다. 말투는 이제 하대로 바뀌어 있었다. 그렇다고 해도 역시 아문혈이다. 거기도 침을 놓을 자신이 있냐고 타진하는 과장이었다.

"진맥을 좀 해도 될까요?"

윤도는 정석대로 나갔다.

"보시게."

과장의 허락과 함께 여학생의 손목을 잡았다. 신중하게 맥을 감지하고 목의 인영맥으로 옮겨갔다. 혈자리가 나왔다. 아문혈이 맞았다. 아문혈이 녹아버린 듯 눌려 있었다.

"오늘로 2주일 째 침을 맞고 있네. 처음보다 조금 호전됐지만 아직 2주는 더 계획을 잡고 있네만."

"침을 놓겠습니다."

"……?"

침구과장의 눈동자가 멈췄다. 윤도의 주저 없음에 놀란 눈이었다. 그러나 이번에도 윤도의 침은 침구과장의 생각을 벗어나 버렸다. 아문혈 근처에도 가지 않았다. 윤도의 장침은 목의 천정혈과 팔의 극상혈에만 고이고이 들어갔다.

"끝났습니다."

침 끝 미세 조절을 마친 윤도가 과장에게 인사를 했다. 과장의 고개가 갸우뚱 기울었다. 지켜보던 수련의들이 수근거렸다.

"아문혈은 손 못 대네?"

"겁먹은 거지."

송재균을 중심으로 한 수련의들의 반응이었다.

"천정혈과 극상혈?"

침구과장은 의아한 눈빛을 감추지 못했다. 첫 환자와는 달리 의료 정보를 다 알려준 상태였다. 그렇다면 당연히 아문혈에 장침이 들어가야 했다. 하지만 장침은 옆길로 샜다. 임상 경험 부족한 초보 한의사의 한계였을까? 과장의 갈등을 읽기라도 한 듯 윤도의 입이 먼저 열렸다.

"아문혈은 마지막에 시침하겠습니다."

"마지막?"

"3일을 허락해 주시겠습니까?"

"그럼 3일 차에야 아문혈이란 말인가?"

"맥과 혀가 심장의 부조화를 알려주었습니다. 과장님께서 긴 시간 동안 공을 들이고 계신 덕에 하루 이틀만 기혈 조화를 잡아주면 말소리가 좀 나올 것 같습니다. 해서 극상혈로 심맥을 바로 잡고 천정혈로 천기 출입을 자극한 후에 아문혈을 취할까 합니다."

"채 선생. 심장이라니? 환자는 언어중추에……."

조 과장의 시선이 가파르게 올라왔다.

"MRI를 말하시는 거라면 거기에는 아마 나오지 않았을 것 같습니다. 이건 혈자리 문제인데 그게 워낙 미세하니……."

"자신하는가?"

"죄송하지만 발전소와 송전소의 관계입니다. 환자는 지금 혀에 기혈 보충이 필요한데 언어장애의 혈자리 침이나 뜸만으로는 부족합니다. 송전소 격인 아문혈에 집중 투자를 한다 해도 전력이 강해지지는 않는 것이니 발전소의 용량을 늘려야만……."

"이봐요. 채 선생!"

윤도이 설명에 레지던트 2년 차 송재균이 충성신공을 발휘하려 했다. 조 과장이 그를 막았다.

"……."

침구과장은 골똘했다. 오진이 아니라면, 원론에 충실한 진단이기 때문이었다. 윤도는 첫 환자에서도 그랬다. 진료의 기본이다. 그러나 진료 현장에서는 밀려드는 환자 때문에 원론을 간과할 때가 많았으니 질병 그 자체가 아니라 몸의 기전을 우선시하는 한의학에서도 피할 수 없는 일이었다.

"내 생각에는……."

이번에도 부원장이 현장 정리에 들어갔다.

"채 선생 말대로 해보는 게 어떨까? 어차피 치료 과정이고 부작용이 있는 것도 아니니."

침구과장은 부원장의 말을 거절하지 못했다.

이틀째 되는 날, 이번에도 윤도의 침술은 첫날과 같았다. 맥을 짚고 천정혈과 극상혈에 장침을 넣었다. 다만 혈자리는 어제보다 조금 전진했고, 침도 조금 더 깊이 들어갔다.

"내일 뵙겠습니다."

부원장과 침구과장에게 인사를 하고 돌아섰다.

"잘못되는 거 아닙니까?"

송재균이 참았던 말을 침구과장에게 전달했다. 레지던트 2년차. 그러나 S대 의대에 합격하고도 광희한의대를 선택한 그였기에 과장의 신뢰도 컸다.

"……."

"제 생각에는 아문혈에 침을 넣을 자신이 없으니 변죽을 울리는 거 같습니다."

"그럴 수도 있겠지."

"여객선 심장마비 사건도 기자들이 만들어낸 과장일 겁니다. 요즘 기자들이 어디 기자입니까? 기레기지."

"그것도 그럴 수도……."

"저 친구 알고 보니 우리 병원 인턴 모집 때도 떨어진 실력이더군요."

"……."

"게다가 이틀 차인데 똑같은 혈자리만 잡았습니다."

"조금 다르긴 했네."

"혈자리를 미세하게 옮겼고 어제보다 깊이 넣은 침 말입니까?"

"송 선생도 봤군?"

"그거야 의도라기보다 어찌 찌르다 보니……."

"의도일까 봐 그러는 걸세."

"과장님."

"아문혈이 언어장애의 유일한 혈자리는 아니라네."

"그건 과장님께 배웠습니다만……."

"채 선생이 침을 넣은 천정혈도, 극상혈도 아주 일리가 없지는 않고……."

"……."

"하루 남았네. 침술 역사에도 환자가 하루를 못 참아 병을 그르친 경우가 많으니 하루만 더 지켜봄세. 부원장님 체면도 있고……."

과장이 고개를 돌렸다.

부원장의 시선은 창 너머에 있었다. 초점에 들어온 건 병원을 나가는 윤도의 모습이었다. 부원장은 가만히 윤도의 침술을 복기했다. 무엇보다 주저가 없어 좋았다. 치료에 자신이 없는 한의사는 망설인다. 윤도는 그렇지 않았다. 겸손하지만 침술에는 주저가 없는 사람. 부원장은 그걸 간과할 수 없었다. 게다가 사람을 칭찬하기에 인색한 장백교. 그가 평생 처음으로 추천한 경우였다.

'내일…….'

복도를 걸으며 부원장은 생각했다. 그 내일까지가 좀 지루할 것 같다고.

3일째 되는 날.

윤도가 다시 신분증 달린 한의사 가운을 걸쳤다. 가운은 옷이 아니다. 신뢰다. 그 생각으로 복도에 나섰다. 빈 시간에 레지던트들의 침술을 참관했다.

"좀 나가 계시지?"

레지던트 말년 차 왕고참 마혁이 침을 놓는 동안 차석 격인 송재균이 퉁명스레 반응했다. 대놓고 텃세였다. 윤도는 꾸벅 예를 갖추고 복도로 나왔다.

'텃세……'

그 대처법을 아는 윤도였다. 더 강자가 되든지, 아니면 시간이 해결책이었다. 윤도의 경우에는 당연히 전자가 되어야 했다. 아직은 윤도를 인정하지 않는 수련의들. 그 예봉을 꺾으려면 언어장애 소녀에게서 가시적인 성과를 내는 게 급선무였다.

하지만 언어장애 소녀의 병실 분위기는 그리 좋지 않았다. 보호자가 마혁에게 항의를 하고 나왔다. 환자의 열 때문이었다.

"치료가 잘못되는 거 아닌가요?"

보호자의 목소리가 높았다.

"설명드려서."

옆에 있던 송재균이 윤도를 내세웠다. 책임을 지라는 의미였다.

"뭉친 기가 열로 나오는 겁니다. 크게 걱정하지 않으셔도 됩니다."

윤도가 차분하게 설명했다.

"어휴, 하여간 갖다 붙이면 말이라니까!"

보호자는 고개를 저으며 병실을 나갔다. 곧 침구과장이 들어섰다. 백전노장이기에 그 분위기를 모를 리 없었다. 그의 표정이 좋지 않았다. 하지만 크게 내색하지는 않았다. 옆에 부원장이 동행한 까닭이었다.

"기분 어때?"

윤도가 침통을 꺼내며 소녀에게 물었다.

"오이아아오."

소녀의 발성은 여전히 판독 불가였다. 윤도가 진맥에 나섰다. 수련의들이 고개를 빼들었다. 윤도가 장담한 3일 차였다. 그들은 윤도의 실패를 기대하는지도 몰랐다.

그들도 사실 난다 긴다 하는 한의대의 수재들이었다. 개중에는 송재균처럼 일류대 의대에 붙고도 한의대로 온 사람도 있었다. 그러니 느닷없이 낙하산을 타고 온 지잡대 출신의 윤도에게 호의적일 리 없었다.

윤도는 개의치 않았다. 눈을 감고 진맥에 집중했다. 치료는 수련의들과의 싸움이 아니었다. 오직 질병과 싸우는 것이다. 이틀 동안 투자한 혈자리의 움직임을 분석했다. 심장의 기운이 조금 나아졌다.

심장을 체크하는 건 심장이 혀와 통하기 때문이었다. 혀로 이어지는 생기가 좋아지면 도움이 된다. 하지만 윤도가 원하는 만큼은 아니었다.

다시 천정혈에 침을 넣었다. 이번에는 앞의 이틀보다 조금 더 깊었다. 팔의 극상혈도 그랬다. 두 개의 침을 꽂고서야 머리 쪽으로 다가섰다.

"하다 하다 안 되니까 결국 아문혈을 껄떡거릴 모양이군."

송재균이 중얼거렸다.

"혈자리나 제대로 잡을까요?"

"저러다 사고라도 치면……."

다른 수련의들도 동조를 했다. 그러는 사이에 윤도 손이 장침을 뽑아 들었다. 하나가 아니라 세 개였다.

"……!"

침구과장의 시선이 매섭게 변했다. 부원장 역시 긴장 모드에 돌입했다. 두 개라면 하나는 아문혈 위의 풍부혈 몫일 수도 있었다. 그런데 세 개는?

"……!"

지켜보던 침구과장의 인상이 확 일그러졌다. 실망의 표시였다. 윤도의 침이 들어간 곳은 척추가 시작되는 지점의 대추혈에 가까웠다.

"진짜 아문혈이 뭔지 모르는 거 아닙니까?"

한 인턴이 송재균에게 소곤거리는 소리가 들렸다.

"쉬잇!"

마혁이 모두에게 주의를 주었다.

윤도는 개의치 않고 두 번째 침의 혈자리를 잡았다. 이번 침은 아문혈 아래쪽이었다.

"모르네."

중얼거리는 소리가 조금 커졌다.

마지막 침은 두 침과 삼각 지점을 이루는 혈자리에 꽂혔다.

"허어!"

침구과장도 결국 탄식을 터뜨렸다. 그가 기대하던 침술이 '전혀' 아니었다.

"아프니?"

무아지경에 빠졌던 윤도가 소녀를 올려보며 물었다.

"안 아아요."

소녀가 대답했다. 그 대답이 침구과장의 뇌리를 벼락처럼 치고 지나갔다. '아아아아'가 아니라 '안 아아요'였다. 그건 명백한 차이였다.

"다시 대답해 볼래?"

침구과장이 소녀에게 청했다.

"아나파요."

발음이 조금 더 좋아졌다.

"……?"

거기서 침구과장의 뇌리에 또 한 번의 천둥이 울렸다.

'아문혈의 변형?'

천둥소리와 함께 몇 개의 기억들이 스쳐 갔다. 혈자리라는 것. 무슨 공식처럼 정해져 있는 게 아니었다. 사람에 따라 위치가 다르고 때로는 혈자리 옆을 찌르는 변용도 있었다. 그러니까 윤도는 지금 아문혈 자리 주변을 삼각으로 포위하고 아문혈

을 살려낸 것이다. 그러니까 그건… 침술의 극점에 서지 않고서
는 선택할 수 없는 신침이라는 뜻이었다. 화타나 편작쯤 되어
야 나올 수 있는 그 신침.

"채 선생……."

사태를 파악한 침구과장. 그 목소리가 급성 경련 환자처럼
속절없이 떨었다. 다시 자신의 상상을 넘고 있는 채윤도였다.

"혜선아."

윤도가 환자 손을 잡았다.

"네?"

"여기 선생님들이 네 목소리 듣고 싶어 하거든."

"……."

"인사 한번 해볼래? 안녕하세요, 하고."

"안녕아―세요."

환자가 윤도 지시를 따랐다. 긴가민가하던 수련의들도 강풍
앞의 갈대처럼 흔들렸다. 환자의 목소리는 거의 정상으로 돌아
와 있었다.

"채 선생!"

부원장의 얼굴이 활짝 펴졌다.

"과장님."

윤도가 거기서 침구과장을 돌아보았다.

"왜, 왜 그러시나?"

"아문혈 말입니다."

"……."

"다들 그걸 보시려고 오셨으니 약속대로 오늘 시침해 보이겠습니다."

"……!"

윤도가 장침을 꺼내 들자 병실 안은 숨소리조차 들리지 않았다.

몰입!

집중!

압도!

세 단어가 참관자들의 눈과 입에 걸려 있었다.

윤도는 장침 끝을 주시했다. 좁은 침 몸통을 따라 넋을 놓은 사람들의 긴장이 고스란히 전해왔다. 과시하고 싶은 마음은 없었다. 과시를 위한 침은 환자에 대한 모독이었다. 하지만, 아문혈은 이 환자에게 해롭지 않을 혈이었다. 이미 질환을 잡았지만 기혈 증강에 도움이 될 혈. 가만히 침구과장과 부원장, 수련의들을 돌아본 윤도, 자연스럽게 장침을 밀어 넣었다.

스릉!

장침은 허공을 찌르는 듯 부드럽게 들어갔다. 제 칼집을 찾아가는 칼날처럼.

"……!"

마혁과 송재균 등의 수련의들이 경악하는 게 보였다. 가까이서 지켜본 과장은 그보다 더 소스라치고 있었다. 한 무리는 '경악'이었고 또 한쪽은 '경탄'이었다. 윤도의 침술 하나에서 극과

극의 반응이 나온 것이다.

경악 VS 경탄.

아문혈.

이 혈자리의 침술에 위험부담이 있는 건 침의 각도와 방향 때문이었다. 자칫 침의 방향이 상향이 되면 위험할 수 있었다. 그렇기에 침술 솜씨가 설익은 경우에는 환자 머리를 앞으로 숙여놓고 침을 꽂는다. 하지만 그보다는 뒤로 약간 젖히는 게 더 효과적이었다. 침구과장도 그걸 확인하려는 생각이었다. 자신이 없으면 결코 꽂을 수 없는 혈자리의 하나. 이것 하나만으로도 침술의 경지를 알 수 있는 까닭이었다.

그런데!

윤도의 장침은 아무 거리낌도 없이 불쑥 들어가 버렸다. 수련의들은 그래서 경악했다. 침의 각도를 고려하지 않은 취혈법. 초짜의 한계라고 본 것이다.

침구과장은 달랐다. 그는 보았다. 윤도의 침이 고개를 젖힌 각도처럼 자연스럽게 들어가는 걸. 자침 각은 당연히 상향이 아니라 안전한 '하향'이었다. 자세와 상관없이 손가락으로 모든 것을 조절하는 침술법. 고려의 침술명의 이상노, 조선의 침술명의 허임. 그들의 합이 거기 있었다. 참으로 감탄하지 않을 수 없는 절정의 기량이었다.

"다들 가까이 와서 확인하도록."

침구과장이 수련의들에게 말했다. 웅성거리던 수련의들이 다가와 아문혈의 침을 확인했다.

"……!"

말년 차 레지던트 마혁은 말을 잊었다.

"……?"

까칠하던 송재균의 미간도 사납게 구겨졌다.

침의 각도는 교과서처럼 들어가 있었다. 완벽했다. 각도와 위치, 깊이까지도 흠잡을 데가 없었다.

'말도 안 돼.'

침 좀 놓는다는 송재균, 고개를 저었다. 그 이마에서 식은땀이 툭 떨어졌다. 분명 바른 자침 자세가 아니었다. 그럼에도 불구하고 퍼펙트한 침술이었다.

"우와."

솔직한 감탄은 안미란의 입에서 나왔다. 윤도는 개의치 않았다. 그 신경의 방향은 오직 환자와 침이었다.

환자의 맥을 확인한 윤도가 침을 뽑았다. 예정보다 5분을 더한 시간이었다.

"혜선아."

다시 환자를 호명하는 윤도.

"네?"

"한 번 더 인사해 볼까? 다들 혜선이 축하하러 온 선생님들이야."

윤도가 환자에게 재차 요청했다.

"흠흠!"

환자가 잠시 목을 가다듬었다. 그런 다음 또렷한 발음을 밀어냈다.

"안녕하세요? 선생님들!"

"그리고 여기 송 선생님께도… 네 주치의시지?"

윤도가 송재균을 가리켰다.

"안녕하세요?"

"……!"

환자의 목소리에 송재균이 휘청거렸다. 약간 떨리기는 하지만 흠잡을 데 없는 목소리였다. 송재균은 자신도 몰래 윤도를 돌아보았다. 지잡대 한의대를 나왔다고 무시 때리던 초짜 한의사. 인턴 모집에서 서류 전형조차 넘지 못한 허접. 그러나 지금 눈앞의 윤도는 전설 속 명의의 그 포스였다.

'젠장.'

송재균의 고개가 저절로 떨어졌다. 우월감이 속절없이 무너지는 순간이었다.

"좋아."

부원장이 다가와 윤도 등을 두드려 주었다. 그사이에 과장 지시를 받은 안미란이 보호자를 데려왔다.

"엄마에게도 인사해야지."

"엄마!"

윤도의 말이 끝나기 무섭게 환자가 입을 열었다.

"혜선아!"

"엄마!"

환자가 보호자 품에 안겼다.

"혜선아, 너 말할 수 있는 거야? 그런 거야?"

보호자는 딸의 두 볼을 잡고 오열했다.

"응, 나 말할 수 있어. 잘 들려? 아, 아, 아, 엄마, 엄마!"

"다시 말해봐."

"안 들려? 아, 아, 아. 엄마 사랑해."

"들려. 들리고말고. 아이고, 우리 딸. 이제 살았네, 살았어!"

"이 선생님이 고쳐주셨어. 이따시만 한 침으로."

환자가 두 팔을 벌렸다.

"선생님, 고맙습니다."

보호자가 허리를 숙였다. 윤도의 피로는 단숨에 씻겨 나갔다.

그래.

이 맛이지.

윤도는 정중한 맞인사로 보호자에게 예를 갖췄다.

"채 선생."

병원 인근 식당으로 자리를 옮긴 후에 침구과장이 입을 열었다. 소담한 더덕구이에 조기구이가 딸려 나온 백반 정식이었다.

"말씀하십시오."

"침술은 누구에게 배웠나?"

곤란한 질문이 나왔다.

"나이로 보아 양주동 선생님도 아닐 테고."

"공보의 때 환자 중에 한 분이 민간에서 침술에 정통한 분이

계셨습니다. 그분 선친께서 한의사였다는데 나름 비기 몇 가지를 배웠다고 하더군요. 몇 가지 팁을 주셨는데 그걸 연습해 제 것으로 만들었더니……."

"환자? 그분 선친 성함이?"

"기도환이라고……."

윤도가 둘러댔다. 기도환은 일제시대에 떠돌이 한의사로 명성을 날렸던 사람이었다. 전하는 말에 의하면 팔도의 거부들 치고 그의 침을 맞지 않은 사람이 없었다. 한때는 서울의 한의원에 머물며 서울 갑부들의 고질병을 고쳤다고 한다. 그러나 워낙 방랑벽이 강해 서울을 떠났고 그 후로 전하는 건 별로 없었다.

미안하지만 그 이름을 팔았다.

"기도환이라면 광복을 전후해서 재야 침술의 최고봉으로 꼽히던 분인데……."

"……."

"아들이 있었군?"

"자세히는 모릅니다. 그분도 돌아가셔서……."

조금 더 둘러댔다. 딱히 설명하기 편한 일이 아니니 이쯤에서 선을 긋고 싶었다.

"채 선생 자질이 좋았겠지만 그 아들도 신의였군. 그렇지 않고서야……."

"예, 아마……."

"경이로운 침술이 아닌가? 보아하니 뜸자리에도 침이 거침없이 들어가던데 그 또한 이치를 깨우치고 하는 게 맞겠지?"

조 과장이 물었다. 역시 침구과 최고봉답게 모든 것을 꿰뚫은 눈이었다.

"예. 뜸자리에는 화침처럼 뜨거운 기를 보태고 있습니다."

"뜨거운 기로 화침처럼?"

"혈자리와 뜻이 통하면 뜸 없이도 화침이 된다 배웠기에."

"허어, 채 선생 말이 사실이라면 침선(鍼仙)을 만났군. 침선을 만났어."

"조 과장이 이제야 마음이 열린 모양이시군."

조 과장의 질문이 폭주하자 된장찌개를 뜨던 부원장이 웃었다.

"죄송합니다. 환자 치료라는 게 늘 조심스러운 부분이라 솔직히 마음을 놓지 못했습니다. 게다가 채 선생 나이가 고작 약관이라."

"이해하네. 조바심 나기는 나도 마찬가지였으니까."

"아무튼 기분이 좋습니다. 우리 침술의 가능성이 무한하다는 걸 알았으니까요. 제가 기른 휘하가 아니라서 부끄럽기는 합니다만."

"그럼 채 선생 좀 꼬셔보게나. 내 스카우트 제의에는 꿈쩍도 않는군."

"다른 병원에서 일하기로 된 건가?"

조 과장이 윤도를 바라보았다.

"주제넘지만 개업을 준비 중입니다."

"허어, 개업이라……."

"……."

"지금 한의원 자리를 리모델링하고 있다 하더군. 어차피 잡을 수 없는 사람이니 굴려먹기나 하시게. 그게 채 선생과 장 박사님 요청이기도 하고."

"그럼 부인과에 내원하는 유수미 환자를 맡겨볼까요?"

"그 생리통이 엄청난 분?"

극한의 생리통 환자.

스태프 회의 때 나온 환자 보고 케이스였다. 아주 드문 격통을 호소하는 환자라 부원장도 진료한 적이 있었다.

"예."

"그분이 침술 치료를 받으시겠다던가?"

"일단 시도해 보시겠다고 해서 통증 클리닉에 특진 일정을 잡아두었습니다."

"어떠신가? 채 선생."

부원장이 윤도를 바라보았다.

"부인과 환자라면?"

"조 과장이 설명하시게."

부원장이 공을 과장에게 넘겼다.

"자궁근종 환자시네."

과장이 병명을 말했다.

'자궁근종…….'

윤도가 신중해졌다. 아직 한 번도 겪어보지 못한 환자였다.

자궁근종 역시 골칫덩이다. 한번 생기면 스스로 사라지는 경우가 거의 없다. 크기와 위치에 따라서 엄청난 생리통을 유발하기도 하고 빈혈과 난임 등의 문제를 동반한다. 게다가 자궁은 여자의 상징. 그렇기에 자궁근종은 심적으로도 큰 부담을 주는 질환이었다.

"한번 보시겠나?"

조 과장이 물었다. 언어장애 환자의 경우와는 달리 신뢰가 실린 말투였다.

"맡겨주시면 성심껏 보도록 하겠습니다."

"간단히 상황을 전달하자면 이분이 유명한 초밥집을 운영하는 요리사인데 생리 때마다 격통이 심해져 병원에서 검사를 받아보니 자궁근종 판정이 나왔네. 해서 유명한 대학병원에서 초음파를 이용한 하이프 수술을 세 번이나 받았는데 근종 크기가 오히려 조금씩 커지는 바람에 적출을 권유받은 모양일세. 그런데 이분이 나이도 아직 젊고 종교적인 이유도 있어 적출을 거절하고 한방 치료를 생각하시게 된 거라네."

"예……"

하이프 시술.

초음파 치료법이다. 체외에서 방출된 초음파를 돋보기처럼 한 점에 집중하여 목표하는 지점의 온도를 상승시켜 근종 세포를 파괴한다.

장점은 전신마취나 복부 절개 없이 치료하며 2~3일 후에 일상생활로 복귀가 가능하다는 점이었다.

"우리도 검사를 해봤더니 근종 크기가 6㎝를 넘었네. 일이 그렇다 보니 하루 이틀에 될 게 아니고, 거기다 환자의 생리통이 거의 까무러칠 정도라 긴장하고 있었는데… 일단 침뜸과 더불어 보강된 귀출파징탕으로 다스릴 계획이네만."

"병원에 계시면 제가 볼 수 있을까요?"

"입원 환자는 아니고 오후에 검사 결과를 보기 위해 내원 예정이니 그때 같이 보시게."

"알겠습니다."

윤도가 답했다.

자궁근종.

새로운 질환을 만날 생각을 하니 밥이 잘 들어가지 않았다. 손도 윤도 마음을 아는지 후끈 달아올라 있었다.

"그럼 저는 신경정신과에 미팅이 있어서……."

조 과장이 먼저 자리를 떴다.

"그런데 채 선생."

둘이 남자 부원장이 고개를 들었다.

"말씀하십시오."

"혹시 말일세……."

부원장은 신중한 말투로 뒷말을 이었다.

"숨기고 있는 거 없나?"

"네? 숨기다뇨?"

"언어장애 환자 침술 말일세."

"……."

"왜 3일을 끈 건가?"

"……!"

차분하던 윤도 눈빛이 출렁 흔들렸다. 부원장은 윤도의 마음을 알고 있는 눈치였다.

"이제 조 과장도 없지 않나?"

"부원장님……."

"나까지 속이려는 건 아니겠지?"

부원장의 눈빛이 묵직하게 윤도를 겨누었다. 한참 동안 그 눈빛을 바라보던 윤도. 긴 날숨과 함께 미소를 머금었다.

"왜 3일을 끌었나?"

"그건……."

"조 과장 체면을 고려해서?"

"……."

"채 선생."

"그건 아닙니다."

망설이던 윤도의 입이 열렸다.

"그럼?"

"부원장님 말씀대로 3일을 끈 건 틀림없습니다. 장담할 일은 아니지만 첫날이나 다음 날 끝낼 수도 있었습니다."

"맙소사, 내 예상이 적중했군?"

부원장의 입이 찢어질 듯 벌어졌다.

"하지만 조 과장님 체면을 생각한 건 아닙니다. 저도 한방대학병원은 처음이고 병세가 가볍지 않다 보니 신중을 기했을 뿐입니다."

"어쨌든 하루 만에 끝낼 수도 있었다?"

"아마……."

"허어, 명의로군. 상상 너머의 명의야!"

부원장이 무릎을 치며 감탄했다.

"그저 맥이 선명하게 짚이는 통에 혈자리의 문제를 알았기에……."

"그 맥을 조 과장은 안 짚었겠나? 신경정신과장도 짚고 내과 과장도 짚었네."

"……."

"조 과장… 그런 줄도 모르고 조바심을 내다니……."

"저는 괜찮습니다."

"그럼 아문혈 말일세, 거긴 왜 시침한 건가? 보아하니 응용 혈자리로 환자의 병세는 잡은 것 같던데……."

부원장의 눈도 정확했다. 과연 대한민국 최고 한방병원의 진료 사령탑다웠다.

"외람되지만 사람이라는 게 원하는 걸 봐야 직성이 풀리지 않겠습니까? 부원장님 말씀대로 아문혈을 찌르지 않아도 큰 문제는 없었지만 참석한 분들이 다들 원하는 눈치라서… 그래서 그 혈자리를 취하지 않으면 우연히 질환을 고쳤다는 말이 나올 것 같아……."

"수련의들까지 배려해서?"

"환자에게 깔끔한 마무리이기도 했습니다."

"허어, 허어!"

부원장은 탄식을 멈추지 못했다. 환자에 이어 참관자들까지 배려한 윤도의 침술. 그 마음 씀씀이에 매료되는 부원장이었다.

"침술보다 사람이 먼저 되었군. 장 박사님이 왜 채 선생에게 목을 매는지 알 것 같네. 그것도 모르고 궁시렁거리던 우리 수련의들이라니… 허어, 이 사람 낯이 뜨거워 못 앉아 있겠군."

"아닙니다. 그분들의 염원과 건강한 기가 뒤에 있었기에 제 침술에 도움이 된 거 아니겠습니까? 거기 계신 모든 분들이 협진을 한 거나 같습니다. 심지어는 부원장님도……."

"……!"

머쓱해진 부원장 앞에서 윤도가 얼굴을 붉혔다.

'이 친구… 상상 너머의 대물일지도…….'

부원장은 윤도의 겸허한 대처에 벌어진 입을 다물지 못했다. 한의학에 내린 벼락같은 축복. 벼락같은 축복… 부원장은 단어의 결계에 갇힌 듯 같은 말을 되새길 뿐이었다.

*   *   *

"저희가 유수미 씨 케이스로 특별히 초빙한 명침 한의사십니다."

진료실에서 조 과장이 유수미 환자에게 윤도를 소개했다. 처음과 비교하면 과분한 소개였다.

"이분이 제게 침을 놓는다고요?"

환자의 반응은 그리 좋지 않았다.

"나이는 어리지만 굉장한 실력파입니다. 제가 주로 치료를 하겠지만 한번 진료를 받아보시면 치료에 큰 도움이 될 것 같아서요."

"과장님!"

환자의 눈빛에 매운 날이 섰다.

"예?"

"저는 과장님 침술을 받으려고 특진 신청을 했습니다. 안되면 다른 한방병원으로 가겠습니다."

단칼에 거절하는 환자. 계속된 격통으로 이 병원, 저 병원을 옮겨 다닌 환자였다. 이렇듯 명의를 따라 의료 쇼핑을 하는 환자들은 눈치가 빨랐다. 여러 경우, 서양의학과 한의학이 서로 각을 세우고 책임을 떠넘기는 경우도 있었다.

―서양의학은 전체를 보지 않아요. 근본적인 치료가 안 됩니다.

―한방의 진단은 과학적이지 않아요. 자칫 병을 키울 뿐입니다.

물론 일부 의료인들의 경우다.

누가 뭐래도 두 의학의 본질은 같았다. 생애를 인류 봉사에 바치고, 양심과 위엄으로 의술을 베풀고, 환자의 건강과 생명을 첫째로 생각하고, 환자의 사회적 지위를 초월하여 의술을 펼치는 것. 서양의학은 그 나름대로 질병 퇴치를 위해 최선을 경주해 왔고 한의학 역시 같은 길을 걸었다. 윤도는 환자의 입장에서 의견을 존중했다. 어느 쪽이든 그녀의 질병을 잡아주었더라면 그녀가 의료 쇼핑을 다닐 이유도 없었다.

"……!"

단호한 거부에 조 과장의 입이 닫히고 말았다.

"그러시면 죄송하지만 진맥만 한번 해볼 수 있을까요?"

윤도가 나섰다. 입장은 이해하지만 그렇다고 가능성까지 포기하는 것도 한의사의 자세는 아니었다.

"그것도 싫은데요?"

환자는 윤도를 쏘아보며 대답했다. 이제 더는 물어보기 곤란하게 되었다.

"알겠습니다. 그럼 저는……"

윤도는 인사를 하고 돌아섰다. 목숨을 다투는 일이 아니니 강제로 어쩔 수 있는 일도 아니었다. 그러다 막 진료실 문손잡이를 잡을 때였다. 고개를 갸웃거리던 환자가 윤도를 불러 세웠다.

"저기요."

"예?"

윤도가 돌아보았다.

"혹시… 연예인 이가인 씨라고 아세요?"

이가인?

부용의 별장에 왔던 그 스타였다. 윤도의 변비 처방으로 응가를 한 바가지나 밀어내고 배에서 멀미 처방을 받았던……

"만난 적은 있는데요."

"그러니까 선생님이 이가인 씨 변비 고쳐준 그? 이가인 씨가 사진을 보여준 적이 있거든요."

"예. 한 번……."

"잠깐만요. 제가 이가인 씨 전화번호를 아는데 전화 좀 해볼 게요."

환자가 핸드폰을 꺼냈다. 하지만 저쪽에서 전화를 받지 않았 다.

"아유, 스타라서 그런가? 전화가 안 되네?"

"확인하시려고요?"

윤도가 정곡을 찔렀다.

"뭐 확인이라기보다……."

"그럼 이거 보시겠어요?"

윤도가 화면을 열어보였다. 갈매도 보건 지소 앞에서 찍은 그 사진이었다.

"어머, 맞네."

환자는 반색을 하며 질문을 이었다.

"선생님이 진짜 이가인 변비를 원샷에 고쳤어요?"

"예……."

"이가인 씨가 저희 초밥집 단골이에요. 변비 때문에 굉장히 고민해서 변비 특식 다시마초밥을 만들어주기도 했는데 섬에 서 명의를 만나 원샷에 해결했다며 참치초밥, 도미초밥을 4인분 이나 먹고 갔거든요."

"네……."

"실은 저도 변비가 있는데……."

환자가 얼굴을 살짝 붉혔다. 경계심이 풀렸다는 뜻이었다. 그건 곧 윤도의 기회였다.

"진맥… 좀 봐도 될까요?"

"……."

환자가 고개를 들었다. 그녀는 자기 손을 보더니 그대로 수락해 주었다.

윤도가 그 손목을 잡았다. 변비는 둘째 치고 자궁근종이 궁금했다. 맥은 어떨까? 혈자리는 어떨까? 일침즉쾌의 장침이 자궁근종에도 통할까?

"……."

윤도 표정이 진지해졌다. 자궁에 적취가 있었다. 자궁의 적취, 이런 덩어리는 대개 양성종양에 속했다. 불편하기는 하되 암은 아닌 것이다. 하지만 하나가 아니었다. 많았다. 숫자로는 셀 수도 없었다.

2. 명침을 도전을 즐긴다

"어때요?"

손을 놓자 환자가 먼저 물었다.

"자궁근종이 있네요. 큰 볼륨 하나와 자잘한 수수쌀 크기가 꽤 많이 있습니다."

"저번 초음파 때는 하나뿐이라고 했는데요?"

환자가 이의를 제기했다.

"만약 있으면 제게 침술을 맡겨주시겠습니까?"

"없으면 어쩌시게요?"

"손가락에 관절염이 고질이죠? 변비까지 해서 침 두 방으로 고쳐 드리겠습니다."

"어머, 손가락 아픈 건 아직 말 안 했는데……."

"어떠세요?"

"그럼 저도 이가인 씨처럼 약으로는 안 되나요? 침은 사실 겁도 나고……."

"……!"

환자의 말에 윤도가 고민에 잠겼다.

몸 안의 혹.

거기에 듣는 산해경의 영약을 본 적이 있었다. 하지만 여기는 대학병원이었다. 처방 없이는 약을 쓸 수 없다. 그런데 산해경의 영약이 포함되는 탕약 처방에 있을 리 없었다. 그렇다고 족보에 없는 약재를 탕약에 끼워달라고 할 수도 없는 노릇이었다.

"그럼 딱 침 한 대로 고치면 어떨까요?"

윤도가 재미난 제의를 던졌다.

"딱 한 대요?"

"네."

"지금 농담하세요? 양방에서는 적출하자는데 침 한 방이라뇨?"

"하루 한 대씩 4일이면 될 것 같습니다."

"선생님."

환자의 반응은 황당이었다. 당연했다. 오랫동안 고질병이었던 걸 고칠병이라고 선언하는 사람. 게다가 그 분야의 권위자로 소문난 것도 아니었다. 환자 입장에서는 '허세'로 볼 소지가 다분했다. 하지만 윤도는 따로 방책이 있었다. 산해경 속에는 혹이나 종기에 잘 듣는 영약이 있었다. 장침의 효과에 따라 쓸 수도 있고 아닐 수도 있지만 든든한 자산이 있는 건 틀림이 없었다.

환자는 망설였다.

"잠깐만요."

윤도가 핸드폰을 꺼냈다. 지금 이 환자에게 필요한 건 윤도가 아니라 이가인이었다. 거기까지는 시도해 볼 생각이었다. 그 후에도 거부한다면 그건 이 환자의 팔자였다. 정신병이 아닌 다음에야 싫다는 환자를 강제로 묶어놓고 시침할 수도 없는 노릇이었다.

"여보세요."

윤도가 누른 건 부용의 번호였다. 그녀라면 이가인과 연락이 닿을지도 몰랐다. 다행히 OK가 떨어졌다.

"곧 이가인 씨에게서 전화가 올 겁니다. 제 증인이 되어줄지도 모르니 의견 들어보고 결정하세요."

윤도는 환자에게 선택권을 넘겼다.

"이가인요? 이가인 씨는 제 번호를 몰라요. 저만 그쪽 번호를… 응?"

순간 환자의 핸드폰이 울렸다. 환자의 번호는 윤도가 전송했다. 환자 기록부의 연락처를 참조한 윤도였다.

"이가인 씨?"

환자의 눈이 휘둥그레졌다. 윤도는 창가로 자리를 피해주었다.

"저 도톤보리 초밥집 유 실장인데요… 네……. 그러니까 한의
사 채윤도라는 분이 지금… 네?"

질문을 이어가던 환자의 입이 쩌억 벌어졌다. 어떤 상황인지
알 것 같았다.

"선생님……."

통화를 끝낸 환자의 눈빛에서 날 선 각이 사라졌다.

"뭐라던가요?"

"선생님이라면 그럴 수 있을 거라고… 이가인 씨가 보증까지
선다는데요?"

스타는 스타였다. 그 이름은 병원의 환자에게까지 영향을
미치고 있었다.

"그럼 일단 초음파부터 해볼까요? 제 말이 맞는지 틀리는지.
과장님."

윤도가 요청했다. 과장의 응급검사 사인이 떨어졌다.

"……!"

새로운 초음파 검사 결과를 받아 든 과장과 환자가 동시에
소스라쳤다. 윤도의 말이 맞았다. 큰 혹 하나였던 그림에 수수
라도 뿌린 듯 작은 혹 알갱이 수십 개가 엿보였다.

"이제 침술을 허락하시겠습니까?"

윤도가 물었다.

"해주세요. 한 대가 아니라 열 대씩이라도 괜찮아요. 쥐어짜
는 듯한 생리통의 고통에서만 벗어날 수 있다면……."

환자 목소리가 부드럽게 변했다. 이제야 마음을 여는 그녀였다.

"내일부터 가능해요?"

"네."

"그럼 내일 뵈어요. 침은 약속대로 하루 한 대씩 4일간 놓을게요."

"더 놔도 되는데……."

환자가 배시시 웃었다. 고집을 부린 게 미안한 표정이었다.

"채 선생……."

그녀가 나가자 조 과장이 윤도를 불렀다.

"예."

"정말 침 한 방으로 되겠어?"

"될 것 같습니다."

"미안하지만 치료 계획을 좀 들어도 되겠나? 이건 앞의 케이스처럼 의심이 아니라 궁금해서 그러는 거야."

"보아하니 환자가 침에 많은 부담을 느끼는 것 같아서 비방을 쓸 생각입니다. 침에 대한 거부감을 없애려고요."

"비방?"

"제가 적취에 좋은 비방 약재들을 좀 가지고 있습니다. 장침으로 시도해 보고 효과가 미진하면 그 성분을 혈자리에 직접 투여해 병세를 잡겠습니다."

"약침이군?"

"예, 과장님!"

"이야, 이거 오늘 밤 잠은 다 잤군."

"네?"

"채 선생 침술 때문에 말이야. 벌써부터 궁금해지잖아?"

"저도 잠은 많이 못 잘 것 같습니다."

윤도가 웃었다. 산해경으로 영약 채집을 나가야 하기 때문이었다.

퇴근 시간, 윤도가 병원을 나설 때였다. 레지던트 2년 차 송재균이 그 앞을 막았다. 저만치에는 말년 차 레지던트 마혁이 서 있었다.

"퇴근하시나?"

배배 꼬인 말투가 나왔다. 윤도에게 가장 까칠한 송재균이었다.

"예……."

"좋네. 누군 24시간 뺑이 치고 누군 임상 연수랍시고 과장님하고 폼 잡고 돌아다니다 칼퇴근."

"……"

"아무리 부원장 백으로 온 낙하산이라도 눈치는 있어야 하는 거 아니야?"

"제가 실수를 했다면 이해하십시오. 병원 시스템을 잘 몰라서……."

"연수라는 게 그 시스템 배우러 온 거 아닙니까?"

"그렇죠."

"그럼 알아서 처신해야지, 아 막말로 우리가 그쪽한테 길까?"

"그건 아닙니다만……"

"오늘은 나이트 한번 뛰어. 외국 한의사들도 우리 병원 연수 오면 다 하거든."

"……"

나이트 근무.

한방 수련의들도 나이트를 뛴다. 인턴 때도 물론이지만 레지던트가 되면 조금 헐렁해진다. 레지던트 3년 차가 되면 긴급 상황에만 나와도 된다. 광희한방대학병원의 경우는 그랬다.

나이트 근무에 문제는 없었다. 하지만 다른 문제가 있었다. 산해경의 영약 때문이었다. 더러는 바로 채집되기도 하지만 어떤 날은 밤을 새워도 허탕을 지는 게 영약 채집이었다.

"죄송하지만 내일하면 안 될까요? 오늘은 내일 시침 준비를 해야 해서."

"장난하서? 그럼 우리는 오늘 놀고 내일 진료하나?"

"……"

"침구실 가보서. 초짜 안 선생 좀 도와주라고."

"……"

"왜? 안 돼?"

"그렇게 하죠."

대답을 마치고 탈의실로 갔다. 다시 가운을 입었다. 윤철에게 전화를 걸었다. 도움이 필요한 밤이었다.

"괜찮을까?"

윤도가 멀어지자 마혁이 송재균을 바라보았다.

"명의라잖습니까? 게다가 연수 차 온 친구니 굴려먹는 게 예의 아닙니까?"

"뭐 그렇긴 하지만……."

"제가 책임지겠습니다. 마 선생님은 퇴근하세요."

"아니, 나도 오늘은 야간에 시침해야 하는 환자가 있어서 늦게까지 있어야 돼. 논문 자료거든."

"예."

"혹시라도 문제가 생기면 나한테 연락해."

"알겠습니다."

송재균이 답하자 마혁은 복도를 따라 멀어졌다.

'짜식!'

마혁이 멀어지자 송재균의 시선이 윤도가 사라진 복도 쪽으로 향했다.

'니가 그렇게 침을 잘 놔?'

송재균의 입가에 흐르는 미소는 저렴한 쪽이었다.

"……!"

침구실에 들어선 윤도가 미간을 찡그렸다. 안에는 환자와 인턴뿐이었다. 인턴 안미란은 안절부절못하는 중에 윤도를 맞았다.

"선생님!"

그녀가 윤도를 바라보았다.

"여기 가보라고 해서요. 오늘 나이트 근무를 명받았습니다."

"나이트요?"

"무슨 일이죠?"

"이쪽으로……."

안미란이 윤도를 구석으로 끌었다.

"격한 두통으로 온 환자예요. 견정혈에 호침을 찔렀는데……."

안미란이 울상을 지었다. 윤도가 돌아보니 환자는 맥이 풀려 있었다.

"제가 봐드려도 될까요?"

"송 선생님이 오시기로 했는데……."

"저를 보냈습니다."

"그럼 봐주세요."

안미란의 말이 끝나기 전에 윤도가 맥을 잡았다.

'뇌빈혈…….'

윤도는 이내 문제를 알았다. 두통으로 온 환자였기에 정석대로 어깨 견정혈에 침을 놓았다. 거기까지는 문제가 없었다.

"침이 잘 안 들어갔지요?"

"예……."

"뺏다가 찔렀나요?"

"아뇨. 그냥……."

"진단은 뭐라고 나왔나요?"

"근막통증 증후군에 의한 두통이라고……."

"침 준비하세요."

"예?"

윤도 말에 놀란 안미란이 고개를 들었다. 인턴으로 일하는 안미란. 견정혈 정도는 침을 놓을 수 있기에 송재균에게서 시침 지시를 받았었다. 그러나 사고를 쳤다. 그래서 애가 바짝바짝 타던 차인데 다시 침을 놓으라니?

"족삼리에 침을 넣으면 해결될 겁니다."

"선생님!"

"시간이 없습니다."

윤도가 침통을 밀었다. 안미란은 꿀꺽 긴장을 삼키고 호침을 잡았다.

"편안하게 찌르세요."

윤도의 격려를 받은 안미란이 혈자리를 잡았다.

"조금 위가 좋겠어요."

윤도가 자리를 수정해 주었다. 그녀의 침이 족삼리로 들어갔다. 경직된 손가락이지만 혈자리는 놓치지 않았다.

"으음……."

오래지 않아 환자가 정신을 차렸다. 그사이에 견정혈의 침은 다시 꽂혀 있었다. 그 또한 윤도의 지시에 따른 안미란의 시침이었다.

"어, 머리가 개운하네?"

환자가 이마를 짚으며 말했다.

"그, 그래요?"

안미란은 버벅거리는 목소리로 응대했다.

"어이구, 역시 나는 병원보다 한방이 잘 맞는다니까."

환자는 가뜬하게 일어나 병실로 돌아갔다.

"선생님."

안미란의 눈동자가 별처럼 찰랑거렸다. 그녀는 궁금한 게 많았다. 고마운 건 물론이었다.

"견정혈이 어깨의 우물이라는 건 알고 있죠?"

"네?"

"근막통증 증후군은 어깨 근육이 마른 거잖아요. 그래서 물을 끌어들여 부드럽게 하려고 침이나 뜸을 뜨는 것이고."

"네……."

"그로 인해 두통이 올 수 있으니 견정혈이 특효기는 한데 자칫 위경(胃經)과 문제가 되면 뇌빈혈을 일으킬 수 있어요. 방금처럼요."

"아……."

"그럴 때는 족삼리에 침을 놓으면 좋죠. 뜸을 떠도 되고요."

"아……."

"또 다른 일은 없나요? 어차피 나이트 뛸 건데 기왕이면 여러 케이스를 만나고 싶네요."

"잠깐만요, 송 선생님께 보고하고 올게요."

안미란은 가뜬하게 복도로 나갔다.

"……!"

이번에는 송재균이 놀랐다. 들어가려던 마혁과 음료수 한잔 하던 참이었다.

"한 방에 뇌빈혈 해결책을 내놓았다고?"

"네……."

"어디다 침을 놨어?"

"족삼리혈……."

"……!"

송재균이 경기를 했다. 근막통증 중후군의 특효혈로 꼽히는 견정혈. 그걸 잘못 찌르면 뇌빈혈이 온다. 그건 송재균이 인턴 때 겪은 값비싼 경험이었다. 그래서 생생하게 기억하는 비방(?)이었다. 그런 비방을 윤도는 대수롭지도 않게 잡아낸 것이다. 그것도 그 자신이 아니라 안미란에게 시침을 맡겼다. 혈자리의 위치까지 정해주면서…….

"그렇게 빠르게 대처했단 말이지?"

"네."

"환자는?"

"곧 괜찮아져서 병실로 올라갔어요."

"……."

"오늘 나이트 근무 하기로 했다고 환자를 많이 보게 해달라고 하던데……."

"마 선생님?"

안미란의 말을 들은 송재균이 마혁을 돌아보았다. 뭐 좋은 케이스 없습니까? 그런 눈빛이었다.

"장난이라면 그만하는 게 좋아. 그 친구, 과장님 레벨 이상 같아."

마혁이 고개를 저었다.

"그런 게 어디 있습니까? 어쩌다 몇 건 올린 거지, 진짜 편작이나 화타일리는 없잖습니까?"

"과장님이 아시면 좋아하지 않을걸?"

"손해 볼 거 없잖습니까? 침술이 끝내준다면 환자들 다 고쳐놓을 테니까 일 줄어들어 좋고 아니라면 그 친구가 원하는 공부가 되는 것이니……."

"……"

"마 선생님."

"그럼 301호 데려가 봐. 내가 시침을 맡았는데 오늘 저녁 침은 건너뛰어도 될 것 같아서 그냥 두었거든."

"소아과요?"

"조영우 알지?"

"아랫배에 붓기가 있고 소변을 잘 못 보는 아이 말이죠?"

"그래."

"소아과라… 딱이네요. 중환자도 아니면서 어린이… 애들 침은 쉽지 않으니……."

송재균은 안미란을 향해 바로 지시를 내렸다.

"그 친구 301호로 데려가. 그리고 그 친구가 뭘 시키면 하지 말고 안 선생이 시켜. 지금 누가 연수를 받는 거야?"

송재균이 소리를 높였다.

"죄송합니다."

"너무 무리는 하지 마. 내가 신주혈 몇 번 잡았는데도 큰 차도가 없으니 쉽지 않을 거야."

마혁이 웃었다.

"알겠습니다."

"아, 만약, 만약에 말이야 그것도 해결하면 박윤혜 여사 있지? 508호?"

송재균은 그제야 생각이 난 듯 오더를 보냈다.

"다리 못 펴는 환자요?"

안미란이 물었다.

"그 케이스도 맡겨봐."

"선생님, 그분은 과장님이……."

"내 말 안 들려?"

"알겠습니다."

안미란이 나갔다.

"뭐, 이 정도면 까불다가도 두 손 들겠죠?"

송재균의 입가에 음산한 미소가 스쳐갔다.

"508호까지는 너무 심한 거 아니야?"

"심하긴요? 연수시키는 거라니까요."

"난 그만 들어갈게. 아무튼 사고 안 나게 잘해."

마혁은 손을 들어 보이고 멀어졌다.

송재균은 다리를 꼬고 황제내경을 펼쳤다. 그도 실은 침이라면 소질이 있는 편에 속했다. 그래서 조 과장의 인정도 받고 있었다. 그런 차에 등장한 윤도가 분위기를 흐려놓았다.

뇌빈혈만 해도 그렇다. 그 주변의 수련의들 중에서 그걸 아는 사람은 마혁뿐이었다. 덕분에 송재균이 설명을 하면 인턴들은 감탄사를 토하기에 바빴다. 그런데… 윤도는 단 한 방에 해결이었다. 자존심의 문제였다. 윤도가 신침이 아니라 신뼹이라는 걸 입증하고 싶은 것이다.

'이쯤 되면 손을 들겠지. 매번 행운이 따라줄 리 없잖아?'

송재균은 기대감 어린 눈빛을 번득거렸다.

"안녕, 영우야. 밥 먹었어?"

소아 병실로 들어선 안미란이 한 꼬마에게 친한 척을 했다.

"네."

꼬마가 대답을 했다. 아이는 제법 씩씩한 편이었다.

"오줌은?"

"싸러 갔는데 몇 방울밖에 못 쌌어요. 하느님이 오줌 꼭지를 잘 안 풀어줘요."

"이 선생님이 하느님 대신 시원하게 풀어줄 거야."

안미란이 윤도를 바라보았다.

"간호사 선생님이 오늘은 침 끝이라고 했는데?"

"밤에 자다가 쉬 마려울까 봐. 그럼 나쁘잖아?"

"네."

"이 선생님이 우리 병원 침 대장이거든. 한번 믿어봐."

"그럼 약속."

아이가 새끼손가락을 내밀었다.

"하세요."

안미란이 윤도 등을 밀었다. 손가락을 걸고 진맥을 잡았다. 맥은 진단과 같았다. 아랫배가 부어오르고 소변 줄이 막힌 경우였다. 소화불량으로 인한 소변의 애로였다. 기록을 보니 신주혈에 뜸을 뜨고 침을 넣었다. 신주혈은 어린이에게 좋다. 처방 자체는 정확했다. 하지만 이 꼬마의 경우에는 다른 혈자리가 포인트를 쥐고 있었다. 명혈이라고 해서 100%가 아니란 반증을 보여주는 경우였다.

"또 엎드려요?"

진맥이 끝나자 꼬마가 물었다.

"많이 해봤잖아?"

안미란이 꼬마의 상의를 걷을 때 윤도가 그 손을 잡았다.

"엎드리지 않아도 됩니다."

"그럼 앉은 자세로 할까요?"

"그것도 필요 없습니다."

"네?"

"발로 갑니다."

"신주혈이 아니고요?"

"신주혈보다 더 좋은 혈을 찾았습니다."

"……?"

"발가락의 은백혈입니다. 거기다 뜸을 뜨세요. 뜸 뜨기도 아주 쉬운 곳이죠."

"제가요?"

"아이가 안 선생님 좋아하잖아요? 그렇지? 이 선생님이 하면 더 좋지?"

윤도가 아이에게 물었다. 아이는 고개를 팔랑팔랑 끄덕이며 윤도를 지지해 주었다.

"……."

"시작하세요."

윤도가 아이 발을 가리켰다. 안미란은 떠밀리듯 은백혈을 잡았다. 엄지발톱에 닿은 부분이었다. 그렇기에 뜸 뜨기는 정말 쉬웠다.

"앗!"

뜸을 뜨는 동안 꼬마가 펄쩍 움직였다.

"왜? 뜨겁니?"

안미란이 물었다.

"아뇨. 오줌 마려워요."

"조금만 참아."

"안 돼요. 오줌 꼭지가 다 열린 거 같아요."

"끝내주세요."

윤도가 안미란에게 말했다. 환자가 반응하는 이상 굳이 시간을 채울 필요는 없었다. 꼬마는 로켓처럼 화장실로 달렸다. 잠시 후에 나온 꼬마는 시무룩한 표정을 지었다.

"또 꼭지가 안 열렸어?"

"아뇨."

꼬마가 고개를 저었다.

"그런데 왜?"

"너무 빨리 열려서 바지에다 좀 쌌어요."

꼬마가 바지 섶을 잡아 보였다. 거기 오줌 지도가 그려져 있었다.

"영우야! 세상에… 우리 애, 배도 들어갔어요?"

지켜보던 보호자가 아이 배를 까며 소리쳤다. 윤도는 슬쩍 복도로 자리를 비켰다. 혼자 남은 안미란은 공치사를 받느라 바빴다. 공치사는 많이 받아야 한다. 치료 성공에 대한 환자나 보호자의 인사는 중독성이 강하다. 의술을 펴는 사람이라면 누구나, 흠뻑 중독되는 게 맞았다.

"선생님!"

잠시 후에 안미란이 복도로 나왔다. 그녀는 더할 수 없이 상기되어 있었다.

"다음 환자 봐야죠."

"잠깐만요. 설명 안 해주세요?"

"설명이 뭐가 필요해요? 그 정도는 다 알잖아요?"

"머리에야 들었죠. 그게 환자나 질병하고 매칭이 안 돼서 그렇지……"

"제가 좋아하는 말 중에 이런 게 있어요. 병명에 너무 얽매이지 말자."

"병명?"

"마찬가지로 어린이라고 신주혈에만 목맬 필요 없어요. 가끔은 상품보다 사은품이 더 좋은 경우도 있잖아요."

"우와… 비유가 딱이네요."

"다음 환자 없어요?"

"있기는 한데……."

"그럼 가요. 제 동생이 좀 있다가 오기로 해서……."

"……."

안미란은 양심에 찔렸다. 송재균의 의도를 알기 때문이었다. 이건 연수가 아니라 시기이자 갑질이었다. 안미란의 머리에는 우크라이나에서 온 금발의 미녀가 들어 있었다.

'도브레브…….'

그녀는 3개월 전에 침술 연수를 마치고 갔다. 그때 송재균은 굉장히 친절했었다. 직접 데리고 다니며 침과 뜸을 알려주었던 것이다. 게다가 이렇게 어려운 일은 시키지도 않았다.

하지만!

안미란은 어쩔 수 없었다. 송재균은 침구과 레지던트 차석. 매사 그와 함께한다. 그러니 자칫 눈 밖에 나면 앞으로의 레지던트 과정까지 내내 고달플 수 있었다.

더불어 윤도에 대한 호기심도 한몫을 했다. 맥만 짚어도 진단이 나오는 사람. 혈자리를 귀신처럼 읽어내는 사람. 나아가 장침을 신들린 듯 펑펑 꽂아대는 이 사람…….

'어쩌면 이 또한 고쳐낼지도.'

긍정과 호기심이 세트가 되어 안미란의 등을 밀었다.

"따라오세요."

결국 안미란이 앞장을 섰다. 송재균이 의도하던 508호였다.

박윤혜.

50대 초의 그녀는 유명한 의류 디자이너였다. 재봉질도 직접
하는 것으로 유명했다. 일이 밀릴 때는 6일 밤낮으로 재봉틀을
밟았다고도 했다. 그러다 어느 날, 다리가 제대로 펴지지 않게
되었다. 병원에 갔지만 정확한 진단이 나오지 않았다. 물리치료
와 신경 치료를 받아도 큰 진전이 없었다. 그러다 지인의 소개
로 한방병원을 찾았다. 입원한 지 나흘. 조금 나아지긴 했지만
자유롭지는 못했다.

침구 기록을 보니 양릉천, 중완, 양지에 뜸 치료가 진행 중이
었다. 침은 기문, 거료, 위중과 위양을 중심으로 시침이 되었다.

진맥을 했다. 누워 있던 환자라 맥은 대략 낮았다. 진단과 침
구는 일치했다. 덕분에 다리의 통증도 꽤 가셨다는 환자의 말
이 그것을 입증해 주었다.

"이분이 우리 과장님이 모셔온 분이세요. 특별히 몇 분씩 골
라서 시침을 하고 있는데 한번 맞아보실래요?"

안미란은 환자와 윤도를 번갈아 바라보았다. 그 말은 곧 윤
도에게 시침을 해달라는 뜻이기도 했다. 윤도가 끄덕 고갯짓으
로 답했다. 안미란의 얼굴이 확 펴졌다.

"굉장히 젊으시네?"

"그거 아세요? 남해 여객선 사고 때 침 하나로 일곱 사람을
살린……"

"어머, 이분이 그분이세요?"

환자도 반색을 했다. 다행히 뉴스를 들은 모양이었다.

"명침 같아서 나도 한번 찾아갈까 생각했는데……."

환자가 윤도 손을 잡았다.

"그럼 제가 도와드리겠습니다."

윤도가 침통을 꺼내 놓았다. 장침 두 개였다.

'두 개……'

안미란은 침에서 눈을 떼지 못했다. 조 과장의 시침을 떠올렸다. 그 부위는 기문, 거료, 위중, 위양, 경문, 지실, 신수, 천종 등의 혈자리였다. 그런데 윤도의 침은 꼴랑 두 개.

"옆으로 누워주시겠습니까?"

윤도가 환자를 도와 자세를 잡았다. 거기서 안미란의 눈에 빡센 경련이 일었다. 윤도의 침은 경문과 고황혈 두 곳이었다. 경문은 보통 팔을 위로 올리고 혈자리를 잡는 곳이었다. 하지만 윤도는 엎드린 채 주저 없이 침을 넣었다. 안미란이 보기에는 신기에 다름 아니었다. 왼손이 혈자리 주변 긴장을 푸나 싶더니 어느새 혈자리를 차지해 버린 것이다.

"아픈 다리 뻗어보세요."

윤도가 고황에서 침 끝을 조절하며 말했다. 환자는 조심스레 다리를 뻗었다.

"좀 더요. 힘주지 마시고 자연스럽게……."

"응… 어머!"

다리를 뻗던 환자가 소리를 높였다. 그녀의 다리는 거의 일자로 뻗쳐져 있었다.

"잠깐만요. 조금 더 뻗어보세요."

침 끝을 돌려 경문혈을 조절한 윤도가 다시 말했다.

"……!"

발을 다 뻗은 환자는 말을 잇지 못했다. 큰 통증도 없이 다리가 쭉 펴진 까닭이었다.

"수고하셨습니다."

윤도는 인사를 남기고 돌아섰다. 치료는 한의사의 본분이니 따로 생색낼 이유도 없었다.

딸깍!

윤도가 복도로 나왔다. 안미란도 따라 나왔다.

"선생님!"

"저 좀 쉬어도 될까요? 동생이 왔다는 문자가 왔어요."

"그건 문제없어요. 그런데……."

"고황혈이 궁금해서요?"

"네… 우리 시침 기록에는 없었는데……."

"다른 분은 아마 고황혈 대신에 천종혈을 택한 것 같습니다."

"……."

"경문혈을 보니 굉장히 단단하게 뭉쳐 있어요. 그러니 다리를 펴기 어렵지요. 고황혈을 다스리면 경문혈이 느슨해지는 건 알죠? 두 혈은 서로 잡아당기는 관계거든요. 그 원리에 따라 한번 봐본 겁니다. 예상대로 경문혈이 잘 풀려서 결과가 좋왔네요."

"⋯⋯!"

"그럼 잠깐 다녀올게요."

윤도가 돌아섰다. 그길로 나가 윤철에게 산해경과 신비경을 받았다.

"형!"

윤철이 몸을 꼬며 운을 뗐다. 뭔가 아쉬운 게 있을 때면 나오는 동작이었다. 그게 뭔지는 감을 잡고 있었다. 산해경 심부름을 시켰더니 스포츠카 타고 가도 되나는 것부터 묻던 윤철이었다.

"하루만?"

"응!"

윤철은 숨이 넘어갈 듯 대답했다. 스포츠카를 하루만 타게 해달라는 아부였다.

"이번 학기 과 톱 먹으면 생각해 본다."

"형!"

"고생했다. 그만 가봐!"

3만원을 찔러주고 등을 밀었다. 수고한 동생과 커피 한잔 마셔줄 시간도 없는 윤도였다.

회의실 구석을 차지했다. 잘 생각은 없었다. 그래도 한방병원이다 보니 나이트라 해도 일반 대학병원보다는 나았다. 대학병원이라면 응급실만 해도 미어터진다. 운이 좋아 환자가 적은 날도 있기는 하다. 윤도의 친구 중에 H대학병원에 근무하는 의사가 있었다. 전문의를 따고 가려고 아직 병역의무를 남겼다. 응급실에 근무하게 되면 전쟁터를 방불케 한다고 했다. 이리저리 뛰다보면 아침이 어떻게 오는지도 모른다고 했다. 운이 좋은 건지 윤도의 첫 나이트는 그 정도까지는 아니었다.

하지만 여기서 끝난 건 아니었다.

비밀스레 산해경을 뒤질 때 안미란에게서 응급 콜이 들어왔다.

응급 콜!

"……!"

한달음에 입원실에 도착하자 분위기가 좋지 않아 보였다. 침을 놓은 사람은 송재균이었다. 안미란이 옆에서 수행하다 일이 꼬이자 윤도를 부른 것이다.

"……!"

윤도를 본 송재균도 인상을 구겼다. 그로서는 보여주고 싶지 않은 장면이었다.

"선생님."

안미란이 송재균을 바라보았다. 환자는 50대의 남자. 침대에 기절해 있었다. 침은 명치와 배꼽 사이에 꽂혀 있다. 즉, 중초혈이었다. 병실은 암 환자들이 입원한 곳. 중초를 찔렀다면 소화 문제로 시침한 듯 보였다.

"누가 채 선생 부르랬어?"

송재균의 목소리에 각이 섰다.

"하지만……."

젠장!

송재균의 얼굴에 비친 단어였다. 밤 11시가 넘어 다른 환자들은 대개 잠이 든 상황. 송재균의 얼굴에는 어둠처럼 깊은 낭패감이 서려 있었다. 그러나 윤도가 함부로 나설 수는 없었다. 윤도는 연수생 신분이기 때문이었다.

"죄송합니다. 그럼 마 선생님이나 과장님께……."

안미란이 전화를 꺼내 들자 송재균의 손이 그걸 막았다.

젠장!

그 단어가 송재균 얼굴에 한 번 더 새겨졌다.

"선생님……."

"채 선생."

송재균이 윤도를 불렀다.

"암으로 침구 시술 받는 분이셔. 신경이 예민해서 뇌빈혈이 온 거 같은데 한번 보라고."

송재균의 어투는 결코 친절하지 않았다. 잘난 레지던트의 자존심과 돌연한 사고 앞에서의 낭패감 사이에서 자존심을 강조한 포지션이었다.

"제가 감히 낄 자리가 되겠습니까?"

환자를 돌아본 윤도가 담담하게 답했다.

—네가 싼 똥을 왜 내가 치워야 하는데?

—잘난 당신이 치워.

윤도의 마음이었다. 환자를 두고 실랑이를 할 생각은 없었지만 예 하고 넙죽 받고 싶지도 않았다. 윤도의 장침은, 자존심까지 버리는 침이 아니었다. 응급환자라면 또 몰라도.

젠장!

한 번 더 뒤통수를 얻어맞는 송재균. 그사이에 환자의 안색이 변하고 호흡이 낮아졌다. 뇌빈혈은 대개 어찔하다 마는 경우가 많다. 사람에 따라 잠시 의식을 잃는 경우도 있다. 그러나 심하면 사망에 이를 수도 있었다.

"선생님!"

안미란의 목소리가 조금 더 다급해졌다. 경련이었다. 환자의 발에 작은 경련이 보였다. 이렇게 되면 긴장하지 않을 수 없었다.

"채 선생."

"……."

"위가 굳은 것처럼 단단하고 소화도 안 된다기에 중초혈에 시침하고 반응이 좋지 않아 응급으로 액문혈을 잡았어. 조 과장님 퇴근할 때 웬만한 응급은 채 선생과 상의하라는 말이 있었으니 확인 좀 부탁하자고."

송재균의 목소리에서 힘이 쭉 빠졌다. 아까처럼 자존심을 앞세우는 잘난 레지던트의 각이 아니었다.

"정말 그렇게 지시하셨습니까?"

일부러 확인하는 윤도.

"그래……."

"그럼 진작 말씀하시지 그랬습니까?"

"……."

멋대로 찌푸려진 송재균의 얼굴. 그 어깨가 절은 배춧잎처럼 축 처지는 게 보였다. 완전히 꼬리를 내리는 것이다.

"그럼 맥부터 시작해도 되겠습니까?"

"아무것이든 빨리 좀……."

송재균의 손이 환자를 가리켰다. 그제야 윤도가 팔을 걷고 나섰다.

"송 선생님 조치는 맞았습니다."

맥을 잡은 윤도가 신중하게 입을 열었다.

중초혈과 액문혈.

응급조치 혈자리가 맞았다. 어쩌다 중초혈 자리를 잘못 짚으면 기절을 할 수도 있다. 이 경우에는 액문에 침을 놓으면 즉시 낫는다. 그러니까 이론상, 송재균의 조치는 당연한 것이었다.

"그럼 채 선생도 모른다는 거야?"

"다만 액문혈이 움직였습니다."

"……?"

"암 환자잖습니까? 원래는 송 선생님이 취혈한 곳이 액문혈 맞습니다. 약지와 새끼손가락 사이."

"그래서요? 어떻다는 거야?"

"쉬잇!"

윤도가 손짓을 하고 침통을 열었다. 그 손에 잡혀 나온 건 장침이었다. 침은 중지와 약지 사이를 노리고 있었다.

"채 선생."

"이분의 액문혈은 일반적 기준과 달리 이곳에 위치합니다. 그러니 어쩌면 중초혈도 조금 아래가 아닐지……."

의미심장한 말과 함께 윤도의 침이 들어갔다. 그러자 환자가 서서히 의식을 찾았다. 창백하던 얼굴빛과 함께 약한 경련도 사라진 후였다.

"다행이네요. 그럼 저는 나가 있겠습니다."

윤도가 자리를 비켜주었다.

"……!"

송재균은 소리 없이 경련하고 있었다. 환자의 경련이 옮겨온 듯했다. 혈자리란 오묘하다. 사람에 따라 달리 취하고 체형이나 나이까지도 고려해야 했다. 어쩌면 안미란 때문이었다. 옆에 붙어서 채 선생님은, 채 선생님은 하며 광신도처럼 쫑알거렸다. 그녀 앞에서 위엄을 찾고 싶었다. 침술 하나는 자신도 채윤도에게 못지않다는 레지던트의 위엄… 그게 화근이었을까?

'아니.'

송재균이 고개를 저었다. 그 요인은 절반이었다. 나머지 절반은 환자의 특이성이었다. 그러고 보니 두 개의 혈자리가 다른 사람과 달리 치우쳐 있다던 과장의 코멘트가 떠올랐다.

'젠장!'

한 번 더 그 말을 곱씹었다. 중초혈의 느낌이 최적이 아니었을 때 '예외'를 생각해야 했다. 그렇게 보면 액문혈도 같은 느낌이었다. 송재균은 그 같은 '느낌'의 덫에 걸린 것이다. 그럼에도 채윤도는 송재균을 짓밟지 않았다. 마음만 있다면 얼마든지 빈정을 날리고 목에 힘을 줄 수도 있었던 상황. 그런데 송재균의 자존심을 살리라고 힌트까지 주고 가버렸다. 침술 못지않은 칼날 같은 감정 제어. 오싹해지지 않을 수 없었다.

'중초혈도 조금 아래가 아닐지.'

윤도의 조언이 메아리를 울렸다. 그 말은 곧 중초혈 자리를 조금 아래로 잡으라는 뜻이었다. 환자가 우선이기에 침을 다시 넣었다.

"……!"

그 느낌에 놀라고 말았다. 침은 너무나 부드럽게 들어갔다. 틀림없이 혈자리라는 증명이었다.

"어이구, 속 시원하네."

환자가 편안한 숨을 내쉬었다. 혈자리 부근을 눌러보니 굳은 감은 사라지고 없었다.

'젠장!'

이번 젠장은 인정이었다. 도무지 부정할 수 없는 침술이었다.

"와아!"

환자가 편안해하자 안미란이 박수를 쳤다. 송재균에게는 참 의미 없는 박수였다. 화장실로 나온 송재균은 흐르는 물에 머리를 적셨다.

'대체 뭐야?'

거울 속에 비친 자신의 얼굴을 보았다. 그 위로 윤도 얼굴이 비쳤다. 옛 의서의 전설에나 나옴 직한 침술. 그러나 명백한 현실. 송재균은 깊은 한숨과 함께 고개를 저었다. 마혁의 말처럼 윤도는 그의 상대가 아니었다.

딸각!

회의실 책상으로 돌아온 윤도는 신비경을 꺼냈다. 시계를 보니 새벽 2시였다. 분위기상 더는 윤도를 찾을 것 같지 않았다.

산해경을 펼쳤다. 북산경의 마성산이었다. 마성산에는 금이 많았다. 그 금 바위 위에 윤도가 찾는 게 있었다. 하얀 머리에 푸른 몸, 노란 다리를 가진 새, '굴거'였다. 이 새를 달여서 먹으면 몸의 혹덩이를 없애준다. 이것으로 자궁근종의 비상용을 삼을 생각이었다. 일단은 침이었다. 그게 안 되면 최후의 보루가 되는 것이니 든든했다.

끼욱!

굴거가 울음을 남기고 거울 밖으로 나왔다. 윤도의 약재 분석이 가동되었다.

[원산] 산해경.

[약재 수령] 6년.

[약성 함유 등급] 上中품.

[중금속 함유] 무.

[곰팡이 독소] 무.

[약재 사용 유무] 가능.

[용법 용량] 새의 배를 갈라 내장 기관만을 사용한다. 수수 가루 반죽을 입힌 후에 태워 재를 복용한다. 하루 2회로 나누어 아침과 잠들기 전에 마신다.

[약효 기대치] 上中.

수수 가루가 나왔다. 수수는 한방에서 따뜻한 음식으로 분류한다. 잠시 생각에 잠겼다. 한의학의 기본은, 뜨거운 것으로 찬 병을 잡고, 찬 것으로 뜨거운 병을 잡는 것이다. 음양 이론이다. 황제내경에도 찬 것은 뜨겁게 하고 뜨거운 것은 차게 하라는 말이 나온다.

근종은 뜨겁다. 몸에 열을 내게 한다. 그렇다면 기본적으로 찬기를 가진 기장 가루가 나오는 게 맞았다. 그런데 열성 곡류인 수수가 나왔다면……

'이독제독(以毒制毒).'

굴거의 약재 성질이 나왔다. 열로써 열을 다스리려는 것이다.

'그렇다면.'

이번에는 침통에 시선이 갔다. 장침 하나를 꺼내 들었다. 약재가 열로써 환부를 노린다면 장침 또한 화침이 되어야 했다. 그래서 그럴까? 윤도 손가락에 뜨끈한 기운이 느껴졌다. 알아서 반응하는 것이다. 어느새 아침이 코앞이었다.

유수미 환자의 첫 시침.

윤도는 충혈된 눈으로 침대에 걸린 환자의 네임 카드를 보았다. 나이트 근무답게 밤을 꼴딱 새운 윤도였다. 굴거는 아침에 윤철을 불러 냉장 포장으로 보내두었다.

일단은!

영약 없이 시작하기로 했다. 비상용이라고 생각하니 나쁠 것도 없었다.

－유수미 F/38.

그녀의 손목에 띠가 둘러져 있다. 혹시라도 동명이인, 혹은 다른 환자에게 진료가 행해질까 봐 정착된 시스템. 이제는 종합병원에서 당연한 풍경이 되었다.

침은 정말 원샷으로 갈 생각이었다. 낙점은 관원혈이었다. 환자의 요청이 없다면 중완, 관원, 중극, 귀래, 곡골에 시침할 생각이었다. 그중 하나만 고르니 관원혈이 되었다. 진맥으로 보아 자궁근종의 시작이 되는 혈자리였다.

관원혈!

'잘해보자.'

윤도가 속삭였다.

진맥은 오래했다. 침을 네 번 찌른다 했으니 장침의 효과와 보·사법을 신중히 고려해야 했다. 결론에 도달한 장침이 들어갔다. 손가락은 저절로 뜨끈해졌다. 침 끝에 손가락의 기운이 전달되었다. 의심할 것 없이 화침(火鍼)이었다.

"끝났습니다."

침을 넣은 윤도가 말했다.

"어머, 벌써요? 큼큼."

긴장하고 있던 그녀가 눈빛을 세웠다. 환자는 목이 쉬어 있었다. 편도가 살짝 부어 입맛도 없다고 했다. 그래도 열은 많지 않아 다행이었다.

장침은 배꼽에서 여자의 둔덕 뼈 사이를 다섯 등분한 지점에 버티고 있었다. 관원혈은 정기(精氣)의 물류 창고 같은 곳이다. 시작부터 바로잡을 생각이었다. 그러나 침의 말단까지 넣지는 않았다. 고작 1㎜도 안 될 깊이를 아낀 것이다.

"저녁때부터 배가 아프기 시작할 겁니다."

"어머!"

"하혈도 좀 나올 겁니다."

"어머, 그날은 삼사일 남은 거 같은데?"

"근종을 이루는 상한 피가 나오는 것이니 걱정할 거 없습니다."

"네에……."

"피가 나오기 시작하면 생리대를 이용하시기 바랍니다. 그리고 치료 기간 동안 음식을 조심하시고 무리하지 마시기 바랍니다."

"음식은 걱정 마세요. 저 나름 유명한 요리사예요."

환자 말소리에 자부심이 실렸다.

설명을 끝내고 장침을 뽑았다. 침 끝에는 피 한 방울 묻지 않았다.

"어머!"

시침이 끝나자 안미란이 들어섰다. 환자를 돌보고 오는 눈치였다. 침술을 보지 못해 발을 구르는 안미란. 침술에 대한 욕심이 많은 모습이 괜히 귀여워 보였다.

그런 그녀를 위한 타임도 주었다. 드물게 큰 혈자리를 가진 환자가 있었다. 요즘은 거의 사라진 1원짜리 동전만 했다. 취업을 위해 다이어트 침을 맞으러 온 졸업반 여대생이었다. 윤도에게 맡겨진 시침을 안미란에게 떠넘겼다.

퐁당퐁당!

거의 그 수준이었다. 침에 익숙하지 않은 안미란조차 눈 감고 침을 놓아도 되었다.

"와아!"

그녀의 입은 다물어지지 않았다.

저녁 시간, 돌아오는 길에 한의원 공사 현장에 들렀다. 수수를 사려면 어느 역에서 내릴까 생각하다 경복궁역 이름을 보게 된 것이다.

"……!"

현장에 도착한 윤도가 얼른 몸을 숨겼다. 부용이 있었다. 공사 감독과 함께였다. 그녀는 공정을 꼼꼼히 체크하고 나서야 현장을 떠났다. 그제야 윤도가 모습을 드러냈다.

"어, 원장님."

감독이 반색을 했다.

"퇴근 안 하세요?"

윤도가 물었다.

"아, 예. 인부들 보내고 뒷정리 좀 하느라고요. 오늘 공정에 하자가 있는 지도 체크해야 하고……."

"방금 이부용 씨가 있는 거 같던데……"

"보셨어요?"

"맞나요?"

"네, 일주일에 두 번 정도는 오셔서 체크하세요."

"……!"

놀라지 않을 수 없었다. 일주일에 두 번? 그 바쁜 사람이?

"원장님이 굉장히 소중한 분이라고 절대 하자가 나면 안 된 다면서."

"……"

한 번 더 놀랐다. 그녀의 진심이 느껴졌다. 돈 많고 능력 있는 여자. 돈으로 밀어붙여도 될 일이었다. 그런데 하나하나 몸소 챙기고 있다니.

"하핫, 이거 원장님께는 말씀드리지 말라고 했는데……"

"……"

"안쪽 진행 상황 보실래요?"

"예? 예……"

안으로 들어섰다. 실내는 소리 없이 변신해 있었다. 접수실과 대기실, 진료실에 새 옷이 입혀지고 있었다. 현대와 한의사 문화가 조화를 이루는 장식이었다.

"좋죠? 제가 보기에도 공간 구성이 탁월합니다. 실내디자인 팀 말을 들으니 이부용 대표님이 네 번이나 캔슬 놓고 다섯 번째 만에야 오케이 사인 했다고 하더라고요."

"예……"

이번에는 약제 분석실, 즉 연구방의 문을 열었다. 그 공간도 놀라웠다. 기계는 아직 들어오지 않았지만 공간 분할부터 마음을 사로잡았다.

'와아.'

감독에게 방해가 될까 봐 그쯤 하고 집으로 향했다.

대충 저녁 식사를 마치고 영약 재료를 꺼냈다. 가장 관심이 가는 건 치아 재생 약재였다. 양이 적어 딱 한 명의 치아를 나게 하고 미량이 남을 정도였다.

다른 하나는 산해경의 청요산에서 구해 온 순초였다. 얼굴빛이 고와진다는 영약이었다.

'부용 씨…….'

순초의 주인은 부용으로 정했다. 개업이라는 빛나는 선물을 안겨준 그녀. 피부병이 나았지만 아직은 살결에 거친 맛이 남았다. 그녀에게 좋은 선물이 될 것 같았다.

간밤에 확보한 굴거의 법제(?)를 시작했다. 하품이 나오는 걸 꾹 눌러 참았다. 법제는 경건하게 해야 한다. 피로 따위는 핑계가 될 수 없었다. 법제에 들이는 정성 하나하나가 질병을 퇴치하는 전사로 승화되는 거니까.

3. 경옥고와 신침법(神枕法)
비방에 기대어

　다음 날 아침, 윤도 책상에 테이크아웃 커피 한 잔이 놓여 있었다.

　"안 선생님이 주는 거예요?"

　윤도가 안미란에게 물었다. 하지만 아니었다. 그녀 역시 윤도에게 주기 위해 한 잔을 사 들고 오던 참이었다. 윤도는 쌍코피가 아니라 쌍커피를 들고 마셨다.

　자궁근종 시침 2일 차.

　이번에는 마혁과 송재균, 안미란 등의 수련의들이 참관을 했다. 특별한 태클 없이 무난하게 넘어갔다. 그 하루 동안 송재균은 윤도에게 시비를 걸지 않았다. 자투리 시간의 지시 사항을 내려달라고 할 때도 그랬다.

"지금 치료나 전념해."

말소리는 여전히 퉁명했지만 까칠함은 많이 무뎌져 있었다.

"저기……"

"왜?"

"혹시 아침에 커피……"

"커피가 왜?"

"아닙니다."

윤도는 더 묻지 않았다.

시침 3일 차.

내원하여 침대에 누운 환자가 경과 보고를 해왔다.

"이틀 동안 피가 계속 나왔어요. 냄새도 좋지 않고요. 저 잘 못되는 거 아니죠?"

"근종이 녹아 나오는 것으로 이해하시면 됩니다."

오늘도 윤도의 장침은 고집스레 관월혈이었다.

"오늘도 피가 나올 겁니다. 하루 남았으니 주의 사항 잘 지키세요."

"오늘도 피가 나온다고요?"

"예."

"치료는 잘되고 있는 거죠?"

"걱정돼요?"

"솔직히……"

"유 선생님."

윤도가 환자를 바라보았다.

"네?"

"초밥 요리사라고 하셨죠?"

"네."

"제 생각인데 치료와 요리는 같은 맥락이 아닐까 합니다. 좋은 요리사라면 재료만 봐도 좋은 초밥이 나올지 알 수 있지 않을까요? 마찬가지로 저도 제 침이 환부를 제대로 다스리고 있음을 알 수 있습니다. 문제는 신뢰감이죠."

"……."

"편안하게 저를 한번 믿어보세요. 손님들이 선생님 손맛을 믿고 초밥을 먹듯이."

"알겠어요."

그녀가 웃었다. 이제는 긴장이 제법 풀린 얼굴이었다.

병실을 바꿔 소아과 회진을 도왔다. 윤도가 도와준 영우는 퇴원 준비를 하고 있었다. 사복으로 입으니 한결 씩씩해 보였다.

'이제 오줌 콸콸 싸고 튼튼하게 자라렴.'

윤도가 혼자 속삭였다.

어린 환자들 중에서 겁이 많은 경우에는 장침 대신 호침을 사용했다.

"어느 걸로 맞을까?"

선택권을 준 것이다. 아이들은 당연히 호침이었고, 자신들이 선택한 것에 책임을 졌다. 가슴 부위 위쪽으로는 신주혈, 허리 아래쪽으로는 주로 명문혈을 다스렸다. 누가 뭐래도 아이들은 신장의 힘으로 몸을 지킨다. 특별하지 않은 질환은 신주혈로 해결이 되었다.

그렇게 또 하루의 임상 연수가 끝나갈 때였다. 마혁 등의 수련의들과 함께 간식을 먹을 때 부용에게서 전화가 들어왔다.

―선생님.

"어, 이 대표님."

윤도가 반갑게 전화를 받았다.

―저번에 저희 아버지께 인사드리고 싶다고 하셨죠?

"네."

―혹시 오늘 시간 되세요? 저, 지금 아버지 회사인데 오늘 시간이 되신다고 하네요.

"잠깐만요."

윤도가 송재균을 바라보았다. 허락을 구하는 것이다.

"가봐."

통화를 눈치챈 송재균이 승낙을 해주었다.

"됩니다."

윤도가 통화를 이었다.

―그럼 저녁에 뵈어요. 차를 보낼까요?

"아뇨. 문자 넣어주시면 제가 가죠."

―알겠습니다.

부용의 전화가 끊겼다.

이태범 회장.

특별 제대에 대한 인사를 전하지 못했다. 군인 신분에는 세상을 안겨준 것과도 같은 전역. 이유 여하를 떠나 인사를 하는 게 도리라고 생각하던 윤도였다.

거기에 더불어 부용과의 개업 합작. 그 또한 이 회장이 반대했다면 있을 수 없는 일이었다.

집으로 돌아온 윤도가 영약 재료를 열었다. 잘 간직해 둔 약재로 환을 만들었다. 잇몸 뼈가 좋지 않아 임플란트를 하는 데 애로가 있다던 이 회장이었다. 좋은 선물이 될 게 틀림없었다. 윤도는 적어도 경우를 아는 한의사였다.

"채 선생님!"

약속된 요릿집에서 부용이 손을 들었다. 이 회장은 아직 도착 전이었다.

"바쁘신데 죄송해요."

"별말씀을. 대표님이야말로 눈코 뜰 새 없을 텐데……."

"대표님이 뭐예요? 그냥 부용 씨라고 부르라니까요."

"그래도……."

"아니면 저 일어나요. 선생님까지 대표님이라고 하면 저 먹다 체한다고요."

"체하면 내관혈을……."

"선생님!"

"알겠습니다. 대표……."

"또!"

"부용 씨."

"그래요. 듣기 좋잖아요?"

부용이 만족스레 웃었다.

"……."

"한방병원 연수는 어때요?"

"재미납니다."

"어머, 그 대답 대박이네요. 대개는 '할 만합니다'라고 말하는데."

"환자를 고치는 기쁨이란 의술을 가진 사람에게만 허락된 최고의 기쁨이니까요."

"그 말도 완전 멋진데요? 설마 거기서 그냥 쭉 발 담그시는 건 아니죠?"

"물론 아니죠. 그런데 회장님은?"

"곧 오실 거예요. 치과에 가셨다는데 조금 시간이 걸리나 봐요."

"임플란트는 해 넣으셨나요?"

"그게 아직……."

"잘됐군요."

"네?"

부용이 고개를 들었다.

"혹시 안 믿으실지 모르지만 제가 새 치아가 나는 비방을 가지고 왔습니다."

"새 치아요?"

"네."

"치아는 영구치가 빠지면 안 나오는 거 아닌가요?"

"보통은 그렇지만 예외도 있죠. 흰 머리가 되었다가 다시 검어지는 사람도 있지 않습니까?"

"정말, 정말이세요?"

"그렇다니까요. 여기 이 환인데, 복용도 간단하게 맞추어놓았습니다."

윤도가 약상자를 꺼내 놓았다. 상자에서는 아릿한 향이 나왔다. 산해경에서 나왔을 때는 무색무취였지만 환을 만드는 과정에서 색이 나왔다.

재미난 건 냄새였다. 환을 굴릴 때는 무취였다. 그런데 환의 크기를 맞추느라 떼어내니 냄새가 났다. 신기해서 다른 환도 시험해 보았다. 결과는 같았다. 원상태를 해치면 냄새를 뿜는다. 마늘과 고산의 들꽃을 닮은 향은 오래도 갔다. 윤도 손에는 아직도 그 향이 남은 것만 같았다.

"알았어요. 잠깐만요."

자리에서 일어난 부용이 핸드폰을 들고 나갔다. 그녀는 잠시 후에 돌아왔다.

"아버지와 통화해서 오시라고 했어요. 선생님이 치아에 대한 비방을 가지고 왔다고 하니까 긴가민가하면서도 굉장히 기대하시는데요?"

부용도 어느새 들뜬 표정이 되었다.

"새 이가 난다고?"

잠시 후에 도착한 이 회장은 흥분을 감추지 못했다.

"그렇다니까요. 채 선생님이 아버지께 드리는 비방이래요."

부용은 윤도의 대변인을 자처했다.

"제 조기 전역을 위해 애써주신 데 대한 작은 보답입니다."

"그거야 채 선생이 우리 집안에 베풀어준 의술에 비하면 비교도 안 되는 일인 것을……."

"어렵게 찾은 비방인데 속는 셈 치고 시험해 보십시오. 분명 치아가 새로 날 겁니다."

"허어, 채 선생 말이라면 무조건 믿겠지만 이 나이에 빠진 이가 난다는 건……."

"허황된 얘기 같지만 옛 의서에도 언급이 되는 일입니다. 일례로 경옥고가 있는데 과장이 심하긴 하지만 오장에 기운이 넘치고 백발이 검어지며 치아가 새로 난다는 말이 나오지요. 양약(良藥) 24종과 독약(毒藥) 8종을 섞은 신침법(神枕法)이라는 신선의 베개 비방에도 검은 머리 희어지고 이빨이 새로 나며 180세까지 산다는 말이 보입니다."

"신침법?"

"동의보감에 나오는 말인데 약재까지 상세하게 설명하고 있습니다. 잣나무의 심본인 빨간 목재를 사용해 좁쌀 크기의 구멍을 무수히 뚫어 공기의 길을 내고 그 속에 양약과 독약을 각각 1냥씩 넣는다고 나오죠. 양약은 천궁, 당귀, 백지, 신이, 두란, 백출, 백봉령, 길경 등이고 독약은 오두, 부자, 여로, 반하, 세신 등입니다. 잠이 보약이다라는 뜻이겠지만 상세 기술한 것으로 보아 아주 황당한 것은 아니라고 봅니다."

"그 비방의 맥을 찾았단 말인가?"

"그때와 지금의 약재가 같지만 지기가 약해, 묘방을 맞추기 어렵기에 겨우겨우 맞췄습니다."

"미안하지만 확실하신가?"

"예."

"새 이가 난다라……. 허헛, 거참……."

이 회장은 영약 상자에서 눈을 떼지 않았다.

식사가 나왔다. 윤도의 태산전자 의무실 근무 이야기도 자연스레 나왔다. 전용 진료실은 이미 마련이 되었다고 했다.

"이제 채 실장 방이니 언제든 와서 구경해도 좋네."

이 회장이 웃었다.

채 실장.

이 회장이 정한 직함이었다.

일침한의원 이야기도 나왔다. 이 회장은 그 한의원에 깊은 관심이 있었고 잘될 것을 확신하고 있었다.

윤도의 처방 중에서 대중화할 수 있는 게 있으면 특허등록해 세계시장을 노려보라는 말도 나왔다. 모녀는 죽이 척척 맞았다.

윤도와는 달리 뼛속까지 사업가들이었다.

식사가 끝나고 차가 나왔을 때, 부용이 화장실로 향했다. 그때 이 회장이 진지하게 운을 떼었다.

"채 선생."

"예, 회장님."

"그러고 보니 우리 인연은 굉장히 극적이군. 그렇지?"

"……."

"중국에 있을 때 진웅이의 위급 소식을 들었지. 하늘이 노랗게 변했다네."

"……."

"그러다 용한 한의사를 만나 목숨을 구했다는 전화를 받았을 때 세상에서 가장 큰 사업 프로젝트를 따낸 기분이었네. 일에만 미쳐 있던 내게 가족의 소중함을 알게 해준 날이었어."

"……."

"거기에 더해 부용이의 병까지 고쳤다는 말을 들었을 때는 정말이지… 이 세상을 다 가진 기분이었네."

"……."

"이 약 말일세… 경옥고와 신침법의 황금 비방으로 새 이가 나게 한다는……."

이 회장이 약 상자를 들어 보였다.

"날 겁니다. 저를 한번 믿어보시기 바랍니다."

"믿어야지. 채 선생을 안 믿으면 누굴 믿을까? 게다가 나한테 장난을 칠 리도 없고."

"……."

"혹시 이 약… 누구에게나 통하는 건가?"

"물론입니다만 어린아이라면 용법이나 용량을 줄여야 합니다."

"성인이면 상관없다는 거군?"

"예."

"제한 조건 같은 건 없나? 임플란트처럼 잇몸 뼈가 좋아야 한다든지……."

"큰 건 없습니다만 왜 그러시는지……."

"미안하지만 이 약… 혹시 한 사람분 더 만들 수 있을까?"

"그건 곤란합니다. 약재 수급에 문제가 있어 쉽게 만들 수 있는 약이 아니거든요."

"그렇겠지? 새 치아가 나는 비방이니……."

"이유를 말씀해 주시면 해보기는 하겠습니다만 시간이 많이 필요합니다."

"아닐세. 그냥 물어본 거네."

이 회장이 손을 저었다.

부용이 돌아온 후에 이 회장은 먼저 자리를 떴다. 또 다른 비즈니스가 줄을 선 모양이었다.

"선생님."

"예, 부용 씨."

"아버지 약 정말 고마워요. 잇몸이 부실해서 임플란트를 하려면 1년 이상 치료하셔야 할 판이었는데… 먹는 거 제대로 못 먹으면서 만찬회나 연찬회 참석하는 것도 정말 고역이거든요."

"그런데… 회장님께서 약이 더 없냐고 하시던데 아는 거 없어요?"

"아버지가요?"

"네."

"어머, 그럼 중국 상무위원 주시려고 그러나?"

"상무위원이라고요?"

"아니에요. 그건 됐고요… 그보다 선생님, TV 출연 한번 해요."

"TV 출연요?"

"왜 영화도 개봉 직전에 배우들이 프로그램에 출연해 영화 홍보 하잖아요? 선생님도 그거 한번 하시라고요."

"그게 마음대로 되겠어요? 제가 유명한 한의사도 아닌데."

"왜 이러세요? 선생님은 이슈가 확실한 분이에요. 게다가 실력도 출중하시고."

"부용 씨."

"우리 아버지, 아무나 좋아하는 사람 아니거든요. 아버지가 인정하시면 그건 끝난 거예요."

"……."

"방송에 한의사들 굉장히 많이 나와요. 그분들이 다 실력 있어서 나오는 줄 아세요?"

"아닌가요?"

"몇 분은 실력파지만 일부는 정치를 잘하는 덕분이죠. 일부는 의술보다 화술이 더 뛰어날 걸요? 하지만 선생님은 실력으로도 꿀릴 게 없잖아요. 더구나 선전포고도 해야 하고……."

"선전포고라면?"

"이웃한 화암 한의원 말이에요."

"그쪽이랑 경쟁자로 싸울 생각은 없는데요?"

"전쟁이 아니라 시너지예요. 모르는 사람은 선생님이 탁상 명 씨 후광을 입으려고 그 근처에 개업한다고 생각할 수도 있어요. 이삭줍기 말이에요. 그 반대라는 걸 보여주고 가자는 거죠."

"제가 그분 유명세하고 상대가 될까요?"

"죄송하지만 제가 광희대학병원 일도 다 모니터하고 있거든요? 거기서도 신침을 떨치고 계시던데 뭐가 걱정인가요."

"모니터라고요?"

"기분 나쁘다 생각하지 말아주세요. 선생님이랑 저랑 동업인데다 저한테 방송 매니지먼트 맡기셨으니까 고객 관리 차원이에요."

'푸헐!'

"선생님은 상품 가치 있어요. 미개봉 신상이잖아요. 제가 아는 피디 몇 명에게 섭외를 타진해 봤는데 거품을 물고 덤비더라고요."

"부용 씨."

"맹세하건대 선생님 의술을 오락용으로 만들지는 않을 거예요. 그러니까 거기서 대한민국 의사와 한의사들에게 선전포고를 하세요."

"선전포고요?"

"나 채윤도야. 대한민국 명품 명의의 콘셉트는 내가 바꾼다. 이제부터 대한민국 명의는 내가 기준이야."

"어디서 많이 보던 카피 같은데요?"

"어머, 그래요?"

부용이 수수하게 웃었다.

"그런데 제가 방송을 제대로 할 수 있겠어요? 방송 출연도 예능 DNA가 필요한 거 같던데……."

"제가 개인 지도 해드려요?"

"네?"

"놀라시긴. 너무 걱정 마세요. 제 일이 그거잖아요. 전문가들도 많이 알고 있고 피디들에게도 선생님 콘셉트에 맞추라고 대못을 꽉 박아놓을 테니까요. 저, 그 정도 능력 있어요."

"……."

"허락하신 거예요? 개업식하기 전에요."

"……."

"뭐하시면 현서하고 가인이, 해피 프레지던트까지 프로그램에 지원해 줄게요. 걔들은 선생님 진료 중인도 될 테니 든든하실 거예요."

"부용 씨가 이렇게까지 나오니 어쩔 수 없군요. 한번 도전해보죠."

"잘 생각하셨어요. 시청률 대박 칠 거예요."

"설령 대박을 쳐도 본업 우선입니다. 그건 고려하세요."

"역시 선생님은 마인드가 우월하다니까요."

부용은 엄지를 세운 후에 말을 이었다.

"그리고 약제 분석 장비 말이에요."

"네."

"그쪽 회사에서 장비 사용법 연수를 해주겠다고 하시던데 선생님이 직접 하실 건가요? 아니면 사람을 따로 둘 건가요?"

"얼마나 한다던가요?"

"이틀이면 된다고 해요. 자기들이 세팅할 때 알려줄 수도 있지만 제대로 하려면 그 회사 연구실에서 받는 게 좋을 거라고."

"그럼 두 사람으로 신청해 주세요. 저하고 한약사가 갈 겁니다."

"준비되셨군요?"

"당연하죠. 제 일인데요."

"알겠습니다. 조치해 두죠."

"이건 선물이에요. 피부병 때문에 남은 잡티 없애는 데 좋을 겁니다."

윤도가 순초를 내밀었다.

"피부에 좋은 거라고요?"

"네. 아마 만족하실 겁니다."

"와아! 고마워요."

그녀는 자연 산삼이라도 받은 듯 좋아했다. 하긴 그녀에게는 자연 산삼보다도 더 좋은 효과를 줄 영약이었다.

'역시 갈매도는 내 인생의 터닝 포인트…….'

그녀와 헤어지고 혼자 생각했다. 부용 또한 갈매도에서 만났다. 재벌의 딸을 떠나 능력이 출중한 여걸. 정신병 치료는 쉬운 일이 아니지만 싸가지 없는 인간들이라면 봉투 하나 내놓고 말아도 될 일이었다.

　그런데 이렇게 좋은 사람들이라니…….

　윤도는 피로가 쫙 풀리는 걸 느꼈다.

4. 불짬뽕 땡기는 날

빠라빠라방!

이른 아침, 윤도 핸드폰이 울렸다. 아직 6시를 넘지 않은 시간이었다.

'응?'

전화를 건 사람은 부용이었다.

'부작용?'

덜컥 걱정이 앞섰다. 어제 전해준 영약 순초가 잘못된 걸까? 별다른 일이 없고서야 새벽 시간에 전화를 걸 부용이 아니었다.

"여보세요."

전화를 받기 무섭게 부용의 목소리가 흘러나왔다.

—선생님!

"부용 씨……."

—어제 준 약 있잖아요? 피부에 좋다는…….

"네."

—대박이에요. 영상통화하려다가 차마 못 하고 사진 하나 보내요. 저, 이 애기 피부 계속 유지되는 거죠?

"효과 좋아요?"

통화 중에 이미지를 열었다. 볼 피부가 뽀얗게 보이는 사진이었다. 역시 산해경.

—최고예요. 제가 솔직히 온갖 명품 화장품에 강남 피부과 특별 연고까지 바르고 있지만 비교도 안 돼요.

"다행이네요."

—고마워요. 피부병 때문에 남아 있던 잡티와 흔적이 말끔하게 사라졌어요.

"그럼 그것 때문에 전화한 거예요?"

—당연하죠. 여자에게 이보다 더 행복한 게 어디 있어요. 선생님, 혹시 이 약 더 구할 수 있나요?

"아마……."

—분명 만들기 어려운 것일 테니 두세 사람분만 부탁드려요. 저희 멤버 중에 피부가 거친 아이들이 두 명 있는데 그것 때문에 굉장히 의기소침하거든요. 이거면 해결이 될 것도 같아요.

"약제비는 넉넉히 내실 거죠?"

긴장이 풀린 윤도가 조크를 건넸다.

―각 1천까지는 쏠 수 있어요. 그럼 저는 출근해야 해서 이만…….

각 1천만 원!

괜한 질문을 하고는 입이 벌어지는 윤도였다. 확실히 부용의 비즈니스는 사이즈가 달랐다.

"어, 이렇게 일찍 나가요?"

―죄송하지만 오늘은 얼굴 보며 놀라느라 늦은 거예요. 저, 이 시간이면 사무실에 있을 시간이거든요.

전화가 끊겼다.

"……!"

윤도는 말을 잊고 있었다. 순초의 효과 때문이 아니었다. 멤버의 치료비로 2천만 원을 쏠 수 있다는 말도 아니었다.

'부용 씨…….'

다시 보게 되었다. 먹고 놀아도 아무 지장이 없을, 보장된 금수저 재벌의 딸. 그럼에도 저렇게 열심히 살다니.

'젠장.'

윤도도 서둘렀다. 최소한 황금 다이아수저 부용보다 게으르고 싶지는 않았다. 게다가 오늘은 자궁근종 환자에게 마지막 침을 놓는 날. 일찌감치 끝내고 약제실과 탕제실 등도 둘러보고 싶었다.

빠라빠라방!

샤워를 마치고 나오자 다시 전화가 울렸다.

'또 누구?'

머리 물기를 대충 털고 전화를 받았다. 이번에는 광희대학병원의 조 과장이었다.

—채 선생, 일어났나?

"과장님!"

—이거… 어쩐다?

조 과장의 목소리가 어두웠다.

"무슨 일이 있습니까?"

—그 환자 말이야 유수미 씨…….

"예……."

—밤새 출혈이 심해서 반기절 상태로 응급실에 들어왔다는 연락이 왔네.

"……!"

—급히 좀 와봐야겠네.

"……."

콰앙!

응급실.

그 단어가 윤도 뇌리 속에서 벼락을 쳤다. 오늘이면 오랜 생리통의 고통에서 벗어날 줄 알았던 유수미 환자였다. 그런데 응급실이라니? 응급실이라니?

"……!"

응급실에 들어선 윤도의 시선이 멈췄다. 침구과장과 부인과장, 내과과장 등이 나와 있었다. 부원장도 보였고 송재균과 마혁, 안미란도 보였다. 심호흡을 하고 인사부터 했다.

"왔군."

부원장만이 알은체를 해왔다.

"새벽 4시 넘어 구급차로 들어왔다네. 그때는 거의 기절 상태였는데……."

조 과장 눈이 환자를 가리켰다. 지금은 대략 의식이 돌아와 있었다. 윤도가 진맥을 위해 그녀의 손목을 잡았다. 그런데…….

탁!

진맥을 보는 순간 그녀가 윤도의 손을 쳐냈다.

"당신 뭐야? 오늘이면 끝날 거라더니?"

환자가 도끼눈을 부릅떴다.

"오늘 끝날 수 있습니다."

"됐어요. 나 어제 밤에 자다가 일어나서 죽을 뻔했어요. 잠결에 하혈이 많아 얼마나 놀란 줄 알아요?"

"하혈은 미리 말씀드렸지 않습니까?"

"자그마치 한 바가지나 쏟았다고요. 생리대로도 되지 않아 티슈 세 박스를 썼다고요!"

환자의 목소리가 높아졌다.

"……!"

"당신들, 다 각오해요. 나 정식으로 의료 소송 낼 거예요."

"유수미 씨."

부원장이 나섰다.

"됐다고요. 9시 넘으면 내가 아는 변호사분이 오실 거예요. 그분하고 말하세요."

"변호사라고요?"

윤도가 시선을 세웠다.

"그래. 특히 채윤도 당신… 당신은 절대 용서 안 해. 나 어젯밤에 요단강을 두 번이나 들락거렸거든. 당신 나 가지고 장난친 거지?"

유수미 핏대 게이지가 올라갔다. 그런데 그 핏대에 응수한 윤도의 말이 상상초월이었다.

"요단강을 간 건 환자분 책임입니다!"

"……!"

둘러서 있던 의료진들이 경악을 했다.

환자 책임!

무한 도발에 가까웠다. 많은 하혈로 놀라고 기절까지 간 환자. 119 구급대에 실려서 응급실에 들어왔다. 그런 환자를 잘 달래서 안정시키기는커녕 격한 자극을 하다니.

"채 선생."

조 과장의 목소리가 준엄해졌다.

"죄송합니다. 하지만 갑작스레 많아진 양의 하혈은 침과 무관한 것입니다."

"어허……."

"유수미 씨."

윤도의 시선이 환자에게 돌아갔다.

"뭐죠?"

"새벽에 흘린 피는 앞서 나온 피와 달랐죠?"

"뭐라고요?"

"잘 생각해 보세요. 분명 달랐을 겁니다. 더 검붉고 냄새도 더 안 좋았죠? 어쩌면 흰색 냉이 함께 나왔을 지도 모르겠습니다."

"이봐요. 그럼 상처로 나오는 피가 향기가 나야 하나요? 냉이 있는지 아닌지까지 체크하면서 출혈을 해야 하나고요?"

"지금 확인하셔도 됩니다."

"……!"

"채 선생."

다시 조 과장의 견제가 들어왔다.

"죄송합니다. 책임 회피나 환자 자극이 아니라 환자분의 확인이 필요하기 때문입니다. 하혈이 갑자기 많아신 건 침의 이상이 아니라 음식 때문입니다. 시간으로 보아 저녁 이후에 비위가 상하는 음식을 드신 거 같습니다. 그러니 붕루(崩漏)가 아니겠습니까?"

"붕루?"

내과 과장이 먼저 반응을 했다. 붕루는 자궁출혈의 경우 중 하나이다. 갑자기 많은 피가 나오게 된다. 이는 여러 경우가 있었다. 멀쩡한 사람도 포함된다. 그 외에도 거액을 잃거나 패가망신을 하는 경우, 뜻하지 않은 사별 등의 충격도 자궁출혈의 이유가 될 수 있었다.

"혹시 상한 음식이라도 드셨습니까??"

조 과장이 나서서 물었다. 환자는 대답하지 않았다. 하지만 그 뇌리 속에서 계산기가 돌아가는 게 보였다. 뭔가 찜찜한 구석이 있는 건 틀림없어 보였다.

"잠깐 자리 좀 피해주세요."

환자가 손을 내저었다. 안미란이 나서서 커튼 가림막을 쳐주었다. 안에서 부스럭 소리가 났다. 그제야 과장들의 눈빛이 한 풀 꺾였다. 윤도의 침 부작용으로 몰아가는 듯하던 아까와는 달랐다.

커튼은 금세 열리지 않았다. 10분쯤 지난 후에 윤도가 커튼 안에다 말을 전했다.

"제 말이 틀렸습니까?"

"……"

"틀리지 않았다면 빨리 하혈을 막고 자궁근종 치료를 마저 해야 합니다. 그렇지 않으면 3일 간의 공이 수포로 돌아갑니다."

"……"

"유수미 씨. 일단 침을 맞고, 마음에 안 들면 그때 알아서 하십시오."

"……"

"유수미 씨."

윤도 목소리가 이어질 때 커튼 자락이 열렸다.

"좋아요. 일단 하혈만이라도 멈추게 해보세요."

환자의 수락이 떨어졌다.

"한 번은 더 많이 나오게 될 겁니다."

"뭐라고요?"

"마지막 치료입니다. 근종의 뿌리를 뽑는 날이거든요. 3일간 병을 내보낼 길을 만든 겁니다. 거기로 뿌리를 내쫓자면……."

"아니, 이제 보니 무슨 수작이 있는 거 아니에요?"

"수작 아닙니다. 믿어주세요."

"아니긴 뭐가 아니야? 출혈을 멎게 하는 것도 아니고 더 많이 나온다고?"

"근종도 그 정체는 혈괴입니다. 마지막 덩어리가 터져 나오려니 출혈이 많을 수밖에요. 잠깐이면 됩니다. 30분 정도……."

"됐어요. 다 필요 없으니까 앰뷸런스 불러줘요. 당신들로는 안 되겠고 다니던 대학병원으로 가야겠어요. 진료 기록 건드리지 마세요. 조작할 생각 같은 거 말라고요."

"유수미 씨."

부원장이 나선 건 그때였다.

"3일간 잘 치료를 받으셨다고요? 그렇다면 마무리를 맡겨보시는 게……."

"이제 부원장님까지요?"

"제가 추천한 사람입니다. 잘못되면 저도 책임을 지겠습니다. 설령 소송을 하시더라도 저를 상대로 하는 게 좋지 않겠습니까?"

"그 말, 녹음해도 되겠어요?"

유수미가 핸드폰을 들어 보였다.

"상관없습니다."

"과장님은 왜 안 끼세요? 특진을 신청한 환자에게 이 한의사 소개한 사람이 과장님이잖아요?"

유수미가 침구과장을 향해 빈정을 울렸다.

"끼도록 하죠. 마무리 시침을 받으신다면."

조 과장도 윤도 옆으로 다가섰다. 그러자 환자의 각이 살짝 무뎌지는 게 보였다.

윤도가 침통을 꺼냈다. 이번에도 장침 하나였다.

"채 선생."

조 과장이 신호를 줬다. 환자의 위장에 문제가 생겼다는 건 윤도가 말한 일이었다. 그렇다면 그 병소부터 잡는 게 옳았다. 하지만 윤도는 들은 척도 않고 혈자리를 풀기 시작했다.

"……!"

그 과정에서 윤도는 아찔함을 느꼈다.

'굴거…….'

그걸 가져오지 않았다. 비상용으로 준비해 두었던 영약. 조 과장의 전화를 받고 챙겨두기까지는 했는데 급한 마음에 그대로 나와 버린 것이다.

'젠장.'

가슴 속에 휭한 바람이 지나갔다. 딱 지금이 영약의 필요처였다. 그게 있다면 아주 깔끔하게 마무리를 할 수도 있었다.

윤철을 생각했다. 심부름을 시킬 수도 있었다. 하지만 이미 장침을 뽑아 든 상황. 이제 와서 다른 이유를 댄다면 이 기회는 사라질 일이었다.

'그대로 간다.'

꿀꺽!

마른침이 넘어갔다.

이제는 돌이킬 수 없었다. 그동안의 시침을 믿고 마무리를 하는 것이다. 윤도는 자신의 손가락을 보았다. 후웅후웅, 손가락 안에 열풍이 불었다. 어차피 처음부터 영약의 도움을 받지 않은 시도. 어쩌다 보니 위기에 몰리긴 했지만 과정은 나쁘지 않았다.

눈앞에는 독기 오른 환자.

뒤에는 병원의 모든 스태프들.

쿵쿵거리는 심장과 달리 윤도의 손가락은 초연했다. 그 손을 닮기로 했다.

될까?

안 될까?

한의사는 자기 마음을 의심하면 안 된다. 의심하는 순간, 치료는 실패 쪽으로 기울기 때문이었다.

중완혈이 시작이었다.

완(脘)이란 위를 뜻한다. 위 한복판에 위치한다 해서 붙여진 혈 이름. 중완혈은 기(氣)의 발전소이자 전체 장기의 조정자이기도 했다.

다음은 중극혈이었다.

그리고 귀래혈과 곡골혈.

무아지경의 왼손이 혈자리의 잠을 깨웠다. 마지막으로 3일간 침을 꽂아온 관월혈 자리 주변을 풀어주었다. 왼손의 할 일을 충분히 했다고 판단한 윤도, 장침이 부드럽게 피부를 뚫고 들어갔다. 한마디로 '빨려' 들어가는 모양이었다.

몰입과 집중. 그 경지에 이른 윤도였기에 장침은 환자의 기혈 흐름과 완전한 하나를 이루고 있었다.

'으음.'

시침을 보는 순간 침구과장의 눈꺼풀이 살짝 떨었다. 3일간 의 시침과 달랐다. 미세하게 더 들어간 것이다. 대한민국 최고 한방병원의 침구과장답게 윤도가 남긴 1㎜의 차이를 간파한 눈치였다.

1㎜.

별것 아닌 것 같지만 명의의 침이라면 혈자리 안에서 엄청난 차이를 낼 수 있는 경우의 수였다.

"악!"

환자 입에서 짧은 비명이 나왔다.

"몇 번 쥐어짜는 통증이 있을 겁니다. 그것만 참으면 됩니다."

윤도의 시선은 오직 관월혈의 장침에 있었다.

"아악!"

환자의 비명이 높아졌다. 그걸 그녀의 변호인이 들었다. 응급실에 들어선 그가 고함을 지르며 뛰었다.

"지금 뭐 하는 짓입니까?"

"치료 중입니다만."

대답은 조 과장의 입에서 나왔다.

"치료라니? 의료 소송 제기 사안인데 무슨 치료요? 당장 물러나세요."

"환자가 동의한 일입니다만."

"동의요? 저렇게 고통스러워하는데 무슨 동의? 강제 동의나 위계에 의한 동의 아닙니까?"

"중요한 순간입니다. 그러니 잠깐 기다리시든지 아니면 나가시든지……."

"뭐야?"

"아니면 진료 방해 행위가 될 수 있습니다."

"악!"

실랑이 속에서 환자가 또 자지러졌다.

"유 사장님, 괜찮습니까?"

변호사가 환자에게 다가섰다.

"저, 저 좀… 저 죽을 거 같아요."

"나쁜 사람들. 당신들 지금 의료 과실 숨기려고 무슨 이상한 처방하는 거 아니야?"

변호사가 핏대를 올렸다.

"말조심하세요. 이상한 처방이라뇨?"

윤도가 응수했다.

"환자가 이러니까 그러는 거 아니오?"

"치료 과정이라고 말씀드리지 않았습니까? 물러서세요. 당신은 법정에서 법조인이 아닌 사람의 참견이 타당하다고 생각합니까?"

"그거야……."

변호사의 기세가 잠시 누그러졌다.

"일단 저부터… 다른 병원으로……."

환자가 손을 내밀었다.

"알겠습니다. 구급차 대기시켜요. 환자가 원하고 있어요."

변호사가 다그치지만 윤도는 끄떡도 하지 않았다. 잠시 헝클어진 상황. 하지만 윤도는 믿었다. 자신의 장침을…….

"채 선생, 계속할 거면 마취혈을……."

조 과장의 의견에도 윤도는 반응하지 않았다. 장침 한두 방이면 될 마취침. 윤도라면 식은 죽 먹기일 마취침 시침을 왜 거절하는 걸까? 그때였다. 버둥거리던 환자 손이 겨우 경련을 멈췄다.

"사장님, 왜 그러세요?"

변호사가 물었다.

"배가……."

"배가?"

"안 아파요."

"……?"

환자의 눈길이 하체로 내려갔다. 신기한 일이었다. 방금 전까지만 해도 쥐어짜고 뜯는 듯한 통증이 서서히 가시고 있었다. 그녀의 눈은 별수 없이 윤도에게 향했다. 윤도가 다가와 그녀의 하체를 바라보았다. 사타구니 부근은 쏟아진 하혈로 흥건했다. 그러나 죽은피였다.

'나이스!'

윤도가 내심 쾌재를 불렀다. 침술은 성공이었다. 게다가 영약 없는 성공이었다. 일대 위기를 하나의 가능성으로 승화시키는 윤도였다.

"자궁근종은 해결되었습니다. 마무리를 해드릴 테니 원하는 대로 하십시오. 다른 병원으로 가시든, 제게 의료 소송을 거시든."

환자 앞의 윤도는 당당했다. 이제 그러지 않을 이유도 없었다.

"근종이 해결되었다고요?"

환자의 시선은 시원하게 쏟아진 하혈에 있었다.

"네."

"그럼 이 피가?"

"근종의 뿌리가 빠진 겁니다. 그래서 출혈이 많이 나온 거고요."

"……"

"그래서 부득 마취혈을 잡지 않았습니다. 마취가 되어서는 진행 상황을 알기 어렵기에."

"……"

"그 점은 양해를 바랍니다."

"그럴 수가……."

"잠시 후면 배가 살짝 아플 겁니다. 상한 음식으로 뒤틀린 위장은 다 나은 게 아니거든요. 근종의 뿌리를 빼는 데 내장의 요동이 나쁘지 않아 그냥 두었습니다만 원하시면 이제라도 마취침을 한 대 놓아드리겠습니다."

"침……."

"참을 만하면 맞지 않아도 됩니다. 생리통의 통증에 비하면 별거 아닐 테니까요."

"……."

"……."

환자와 윤도의 시선이 마주쳤다. 그녀는 천천히 고개를 돌려 하체를 바라보았다. 말라가는 검붉은 피 뒤로 약간의 출혈이 이어지고 있었다.

"……!"

그녀가 문득 달력을 돌아보았다. 그러고 보니 오늘이 '그날'이었다. 한 달에 한 번 찾아오는 마법의 날. 일대 소동 사이에 생리가 시작된 것이다. 그런데… 별로 아프지 않았다. 자궁을 쥐어뜯고 잘라내는 듯한 통증이 거의 없는 것이다.

"선생님."

환자가 윤도를 바라보았다.

"말씀하세요."

"저 지금 생리하는 거 같아요."

"……."

"그런데 하나도 안 아파요. 나, 약도 안 먹었는데……."

"……."

"선생님이 진짜 그 장침 하나로 제 자궁근종을 없앴나 봐요."

"약속드렸으니까요. 생리가 끝나면 근종의 잔여물 분비도 같이 끝날 겁니다."

"약속?"

"확인해 보실래요?"

"확인이라고요?"

환자가 고개를 들었다. 안미란이 그녀를 안내했다. 환자는 바로 초음파를 찍었다. 자궁근종이 위치하던 부위의 볼륨은 풀썩 꺼져 있었다. 수수알을 뿌린 듯 빼곡하던 염증 자리도 흔적만 남았다.

"세상에… 세상에……."

화면을 본 환자가 부들부들 떨었다.

기적!

그녀의 머리에 들어온 단어가 그게 아니면 무엇일까? 배석해 있던 윤도의 눈이 빛난 건 그때였다.

"유수미 씨."

"네?"

"아까 그 변호사 말입니다."

"네……."

"불러다 제게 사과를 부탁드립니다."

윤도 얼굴에 카리스마가 서렸다. 치료에 집중하던 때와는 달랐다. 그때는 치료 중이었고 이제는 치료가 끝난 상황. 자신의 고질병을 고치는 과정을 참지 못해 의술을 무시하는 건 묵과할 수 없는 일이었다.

"아울러 유수미 씨도……."

"……."

"제게 사과할 일 없으십니까?"

"……."

"있을 텐데요?"

"죄송해요. 제가 선생님 지시를 어겼어요."

그제야 환자의 고백이 나왔다.

"음식 말이에요. 명색이 요리사인 제가 차마 음식 잘못 먹었다고 말할 수 없어서… 어제 손님이 너무 밀려 밥 먹을 시간이 없다보니 밀어두었던 자투리 초밥을 몇 개 집어 먹었거든요. 그런데 그게 마침 잘못되었던지……."

"저는 분명 무리하지 말라고 말씀드렸습니다."

"죄송해요. 음식점이라는 게 어쩌다 쉬는 날 꼭 단골들이 찾아와 어제 갔더니 문 닫았더라고 하는 머피의 법칙이 있는 바람에 문을 닫을 수가……."

그녀가 고개를 숙였다. 탓할 수 없는 일이다. 대한민국 자영업자 대부분이 그렇다. 음식에 의한 탈도 그렇다. 요리사라고 배탈 나지 않는 건 아니다. 의사도 병에 걸린다.

"용서해 주세요. 주제에 자존심은 있어 가지고 여러 선생님들 협박까지 하고……."

"변호사는요."

윤도의 단호함에 변호사가 불려왔다.

"죄송하게 되었습니다."

그 역시 윤도 앞에 고개를 떨구었다.

"고질병은 환자와 한의사가 한 마음이 되어야만 합니다. 다시는 치료 중에 이런 일이 없기를 바랍니다."

"……."

"사후 치료 스케줄은 조 과장님과 상의하시면 될 거 같습니다. 그럼 저는 이만……."

"선생님……."

윤도가 진료실을 나왔다. 폭풍은 물러갔다. 조금 씁쓸한 마음도 있지만 이게 의료 현장이었다. 공과를 모두 짊어져야 하는 곳. 바로 병원…….

딸깍!

휴게실 문을 열고 들어설 때 바쁜 발걸음 소리가 따라왔다. 돌아보니 환자 유수미였다.

"선생님."

"……."

"다시 한번 미안해요, 그리고 고마워요. 선생님께만 핑계를 대자면 생리 격통에 시달리다 보니 그때가 되면 무척 민감해지는 편이라서……."

"……."

"근간 저희 초밥집 초대할 테니까 과장님, 부원장님 모시고 꼭 와주세요. 선생님의 장침 맛처럼 최고의 재료로 최고의 초밥 맛을 보여드릴 게요."

"굳이 그러지 않으셔도……."

"아뇨. 꼭 그러고 싶어요. 오늘 일 마음으로 사죄도 할 겸요."

"……."

"선생님."

"그러죠."

윤도 입이 열렸다. 그런 초밥이라면 얼마든지 얻어먹을 용의가 있었다. 환한 미소로 멀어지는 그녀의 모습이 초밥처럼 보였다.

꼬르륵!

배의 신호가 보낸 환상이었다.

'기분 전환 겸 점심은 칼칼한 불짬뽕으로?'

금강산도 식후경이다. 게다가 아침도 거른 윤도였다. 생각난 김에 질렀다. 윤도는 혈자리를 짚듯 병원 근처 맛집을 차근차근 뒤지기 시작했다.

"저기……."

그때 안미란을 앞세운 송재균이 들어왔다.

"채 선생님."

"네?"

대답하면서 놀랐다. 호칭 뒤에 '님'자가 따라붙은 것이다.

"괜찮으면 같이 점심 식사라도……."

"식사요?"

"아까 소동으로 기분도 꿀꿀할 텐데 병원 뒤에 도가니탕집이 있잖아? 거기 맛이 개운하거든. 땡기지 않으면 다른 메뉴도 괜찮고."

"……."

윤도가 대답을 주저했다. 그러자 안미란이 거들고 나섰다.

"같이 가요. 송 선생님이 특별히 쏘는 거예요."

'특별히?'

"솔직히 처음에는 신의네 명의네 하면서 띄워대니까 반감이 많았어. 게다가 연수받는다고 온 친구가 부원장님, 과장님하고 핫라인이고. 니가 그렇게 잘났냐 싶은 오기가 있었지."

"……."

"하지만 나이트 때 일에 이어 이번 진료까지 보고 반했어. 나 완전 항복이야. 채 선생 침술은 100년에 하나 날까 말까 한 명의의 침술이더군. 그래서 그동안 뒤에서 뒷담 까고 씹어댄 거, 밥 한 끼 쏴서 면제받으려고 그러는데……."

송재균이 얼굴을 붉혔다. 그 안에서 엿보이는 얼굴은 군림하려던 레지던트 2년 차 얼굴과는 많이 달랐다.

"웬만하면 받아주지. 우리 송 선생이 누구한테 꼬리 내리는 거 처음이거든."

거기서 또 한 사람이 끼어들었다. 말년 차 레지던트 마혁이었다.

"나는 S대 떨어지고 한의대로 왔지만 송 선생은 수시에서 S대는 물론이고 U대까지 합격하고도 온 사람이거든. 워낙 자부심이 강하다 보니 가끔 후배들에게 세게 대하곤 해. 반면 유유상종이라고 인재들끼리는 서로 통한다니 받아들이는 게 어떨까?"

마혁의 지원사격이었다. 수련의들의 최고봉. 그러면서도 공사를 잘 구분하는 마혁. 윤도도 싫은 사람이 아니었기에 송재균의 진정성을 알 것 같았다.

하지만.

"싫습니다."

윤도의 대답은 옆으로 새었다.

"……!"

마혁의 얼굴이 살포시 구겨졌다. 그 표정 위로 윤도의 뒷말이 이어졌다.

"도가니 말고 그 옆의 불짬뽕이면 좋겠습니다. 지금 기분상 칼칼한 게 땡기고… 대신 신고식 의미로 제가 쏘게 해주신다면……."

"채 선생이 쏜다고? 우리 숫자가 많아. 내가 채 선생 소개하려고 다른 과 수련의들도 죄다 불렀거든."

"괜찮습니다. 저도 사실 선생님들에게 잘 보이라고 부모님이 주신 카드가 있거든요. 그런데 잘 보일 기회가 없었어요."

윤도가 카드를 뽑아 들자 송재균이 웃었다. 윤도 손에 들린 건 신용카드가 아니라 교통카드였다. 웃음 속에서 둘의 사이가

한 뼘 더 가까워졌다.

"자자자, 침술의 천재 명의가 내는 불짬뽕입니다. 배에 불붙
도록 많이들 드세요."

번개 점심 모임에서 송재균이 바람을 잡았다. 이제는 소탈함
까지도 엿보이는 그였다. 처음에 까칠한 사람이 나중에 정들고
처음부터 친절한 사람은 나중에 적이 된다더니 이 경우가 그랬
다.

짝짝짝!

박수가 나왔다.

인턴, 레지던트들과 불짬뽕을 먹었다. 매웠다. 어마무시하게
매웠다. 땀이 등을 타고 흘렀다. 조금 남은 스트레스가 확 날아
가는 것 같았다.

"저기……"

국물을 들이키며 윤도가 송재균을 돌아보았다.

"혹시 저번에 제 책상에 커피, 송 선생님이 갖다 놓으셨나요?"

"아, 그거……"

"역시 그렇군요?"

"뭐 그냥… 연수생이면 우리 병원 손님인데 그동안 너무 빡
빡하게 군 거 같아서……"

"그럼 오늘 식사 후에 정식으로 한잔 사세요."

"좋지. 두 잔도 문제없어."

송재균이 기꺼이 답했다.

식사비는 30만 원도 넘게 나왔다. 아버지가 준 카드를 여기

서 읽었다. 한국인은 역시 같이 먹어야 마음이 열린다. 그게 술이든 밥이든.

'아버지 고맙습니다. 나중에 배로 갚을게요.'

수고한 아버지에 대한 고마움도 잊지 않았다.

오후 시간은 한방 약제실에서 살았다. 송재균이 바쁜 시간을 쪼개 안내를 자처했다. 약재를 보고 탕제 시스템도 보았다. 무엇보다 체계적인 약재 관리가 눈길을 끌었다.

약재는 자연에서 왔지만 관리는 과학이 맡고 있었다. 매 약재의 인증 검사로도 모자라 외부 기관 검사 의뢰도 시행하고 있다 했다. 양약에 비하면 한편으로는 번거롭기 그지없는 한약재 관리. 그럼에도 불구하고 약장을 바라보면 괜히 뿌듯했다. 저 약재들이 환자의 병을 고치는 것이다. 고질병을 고칠병으로 바꾸는 것이다.

현장에서 약전을 보았다. 학교에서 이론으로 배우던 것과 분위기가 달랐다. 약전은 의약품의 성상, 확인 시험, 순도 시험, 정량법 등을 규정한 법전이다. '약전'이라는 용어의 기원은 신라시대로 올라간다. 의서로 치면 '본초서'가 꼽히고 우리나라에서는 '향약구급방', '향약채집방' 등을 꼽을 수 있다.

윤도가 말하는 약전의 의미는 법전이 아니었다. 생약 재료와 함께 붙은 성분 분석표들이었다. 처음 본 약재는 백두구였다. 백두구의 주요 생산지는 태국이었다. 주요 성분표에 Camphor, Borneol 등이 보였다. 숙지황도 보였다. 숙지황의 주요 성분은 5-Hydroxymethyl-2-furaldehyde로 나왔다. 윤도가 분석

할 때 기준이 된 약 성분이었다.

호기심이 발동한 윤도가 생체 분석기를 가동시켰다.

[원산] 국내산.

[약재 수령] 2년.

[약성 함유 등급] 中中품.

[중금속 함유] 극미량.

[곰팡이 독소] 무.

[약재 사용 유무] 가능.

[용법 용량] 기존 용법 참조.

[약효 기대치] 中中.

[주의 사항] 입맛이 없는 환자, 설사를 하는 환자에게 신중하게
사용해야 함.

약재 분석기 리딩을 끝낸 후에 성분표와 비교에 들어갔다.

5-Hydroxymethyl-2-furaldehyde, 즉 숙지황의 주요성
분 함량은 0.3%로 나왔다. 건조 정량품이 주로 0.1% 이상 함
유하는 것에 비하면 좋은 편이었다. 그래서 中中이 나온 모양
이었다. 산해경 기준이 아니라면 上中품쯤 되는 것이니 우수한
쪽이었다.

다음은 우황이었다. 우황은 사실 소의 담낭 중에 생긴 결석
의 일종이다. 우황의 약성을 알아낸 건 편작이었다. 우황은 결
합형 빌리루빈을 20.0% 이상 함유한다. 주의 사항으로는 앞서

살핀 숙지황이다. 같이 쓰면 효과가 없다. 아울러 임신부가 복
용하면 유산의 위험도 따른다.

'흐음……'

기분이 좋았다. 약재 분석 능력이 디테일해지는 느낌이었다.
사람으로 치면 겉이 멋진 사람의 속내까지 본 느낌이랄까?

5. 치명적 선택

비 온 뒤에 땅이 굳는다.

그 말은 진리였다. 응급실 대소동은 병원 전체에 번졌다. 그로 인해 윤도의 침술 실력이 병원 직원들과 환자들에게까지 퍼졌다. 전화위복이 되었다. 윤도를 힐금힐금 보러오는 환자들도 생겼고, 일부는 윤도에게 다가와 읍소를 하기도 했다.

윤도 위상이 확 높아졌다. 간단한 환자는 과장이나 마혁의 수락을 받고 시침을 했다. 그렇게 고쳐준 환자만 다섯에 달했다.

"아이고, 진짜 명의네, 명의야."

오랜 류머티즘으로 잘 서지 못하던 할머니, 두 발로 서게 되자 갈매도의 할머니들처럼 윤도를 얼싸안고 덩실거렸다. 좋았다. 한의사의 보람. 병의 경중을 따질 일이 아니었다.

이틀 후, 윤도는 부원장의 호출을 받았다.

"부르셨습니까?"

부원장실에 들어선 윤도가 인사를 했다. 안에는 장 박사가 도착해 있었다. 윤도의 허리가 한 번 더 숙여졌다.

"엊그제 수련의들에게 불짬뽕을 샀다고?"

부원장이 웃었다.

"예… 연수랍시고 이런저런 신세를 지고 있어서……."

"그런 자리라면 나도 좀 끼워주지 그랬나?"

부원장은 노트북을 들고 와 윤도 앞에 앉았다.

"그렇잖아도 유수미 환자께서 부원장님이랑 조 과장님 모시고 꼭 오라고 하더군요."

"소동을 부린 게 미안했던 모양이군?"

"예. 안 오면 안 된다고……."

"그 일은 유감이네."

"생리 때면 민감해지는 사람들이 있습니다. 유수미 환자도 그랬던 거 같습니다."

"하긴 유난한 환자들이 있기는 하네. 나도 젊을 때 주먹질까지 당한 적도 있어."

"……."

주먹질…….

아쉽지만 의료 현장의 현주소였다. 환자들이 각종 의료 정보에 쉽게 노출되면서 의술에 대한 기대치가 높아진 까닭에 기대

치가 충족되지 않으면 폭력이나 폭언을 불사하는 경우는 한둘
이 아니었다.

"이제 병원 시스템도 조금씩 익숙해지고 있지?"

"아닙니다. 아직 병실도 제대로 못 찾는 주제입니다."

"병실 찾는 거야 좀 헤매면 어떤가? 환자 척척 고치면 그게
최고지."

"……."

"장 박사님."

부원장이 장 박사를 바라보았다. 장 박사는 노트북 화면에
서 눈을 떼고 고개를 들었다.

"한번 보시게."

장 박사가 화면을 윤도 쪽으로 돌려놓았다. 차트를 복사한
A4 용지와 함께.

"뭐죠?"

"내가 부원장께 채 선생 좀 팍팍 굴려먹으라고 하지 않았겠
나? 그랬더니 자궁근종을 기막히게 치료했다고 진짜 적취 환자
들을 뽑아오셨더군."

'적취?'

윤도가 미간을 좁혔다. 진짜 적취라면 암을 지칭하는 게 분
명했다. 물론 한방에서는 옹저(癰疽)로 말하는 경우가 흔하다.

암, 영어 명으로 캔서(Cancer).

하도 흔해 이제는 새롭지도 않은 질병이었다. 이제는 누가
암에 걸려도 그저 '안됐네' 하는 정도에 그치는 질병. 하지만 과

거에는 누가 암에 걸렸다고 하면 초상집에 쑥대밭이 되는 게 수순이었다. 이러니저러니 해도 암은 여전히 인간의 생존을 위협하는 최악의 질병.

"채 선생이 이비인후피부과, 탕제 연수도 해야 하니 시간이 창창한 건 아닐 테고… 스태프들 의견은 그중 한 환자 정도 골라 채 선생 침술을 써줬으면 하는 눈치인데……."

부원장이 설명을 끼워 넣었다.

"암 환자들이군요?"

"그렇네. 다들 방사선이나 항암 치료를 거부하고 찾아온 분들이야. 부작용을 경험했거나 개인적인 신념 등으로 말이야."

"……."

윤도의 입이 닫혔다. 신침을 가진 윤도지만 병명 앞에서는 매번 경건해졌다. 암의 무쌍한 변신과 변이 때문이었다. 게다가 아직 임상 경험을 해보지 못했다. 갈매도에서 암 진단에 도움을 주기는 했지만 그렇다고 치료를 한 건 아니었다.

암하면 떠오르는 단어…….

시한부 인생.

"지구 여행 시간이 몇 달 안 남았습니다. 이제 여행을 정리하시는 게……."

한의대생 때 본 영화 대사가 스쳐 갔다. 의학이 발달해 치료되는 암이 늘었고 평균 생존율도 훌쩍 늘었다지만 영화 속의 통보를 받는 환자는 여전히 많았다.

―세 달 정도 남았습니다.

―다섯 달밖에 못 삽니다.

그걸 통보하는 의사의 마음은 어떨까? 다시 한번 겸허해지는 윤도였다.

"해서… 장 박사님과 미리 숙의를 한 결과 채 선생 판단에 맡기기로 했네. 다시 말하지만 강요는 아닐세."

부원장의 말이 윤도 머리의 상상을 밀어냈다. 장 박사는 묵묵히 지켜보기만 했다.

윤도 시선이 A4 용지에 꽂혔다.

70대 후반 남자―위암 중기―재벌급 거부.

50대 여자―유방암 중기―청와대 비서관 부인.

40대 남자―폐암 중기―강외제약 대표.

20대 남자―골암 중기―공무원 수험생.

네 명 환자의 병력이 나왔다. 그 옆에 달린 메모들은 환자의 신분으로 보였다. 환자의 직업은 치료에 참고 사항이다. 하지만 신분은 고려의 대상이 아니다. 그럼에도 불구하고 메모나 표시를 하는 경우가 있었다. 예컨대 진상이든지, 혹은 고관대작의 가족이라 부득 예우를 해야 하는 경우 등이 그랬다. 병원은 질병을 치료하는 곳이지만 더러는 환자들의 수준을 고려하는 서비스도 필요했다.

"환자들 돌아본 다음에 결정해도 되네. 그중 누구 한 사람만 고쳐줘도, 아니, 현저한 호전만 시켜줘도 고무적인 일이 될 걸세."

"……"

"버거우면 거절해도 되고. 채 선생 침술에 반한 스태프들의 희망 사항일 뿐이니까."

"……"

"우리 침의 가능성을 알고 싶은 거라네. 침술은 과연 어디까지 통하는 건지… 과거의 명의들은 침 하나로 고질병과 난치병을 고쳐댔지 않은가? 적취며 옹저, 심지어는 죽은 사람을 살리기까지……"

"……"

"양주동 박사님 이후로 침술이 점점 퇴락하는 마당에 채 선생 같은 신침을 보았으니 호기심도 당연한 일이라 힘든 부탁을 하기에 이르렀네."

부원장이 부연을 마쳤다.

"부원장님!"

그쯤에서 윤도가 고개를 들었다.

"말씀하시게."

"방금 부탁이라고 하셨습니까?"

"물론이네만."

"제 침을 평가해 주시니 고맙습니다. 그렇다면 한의사의 본분으로 환자들을 돌아보겠습니다. 하지만 그 전에 약속 하나를 부탁드립니다."

"뭔가?"

"그게……."

운을 뗀 윤도의 눈빛이 반짝 빛났다. 자궁근종이 전환점이
되었다. 병원 내에 분위기도 형성되었고 침술 역시 증명할 만
큼 보여줬다고 생각한 윤도. 이제는 소신을 펼치기로 했다. 겸
손이 지나치면 비굴이 되는 것이다.

"엊그제 같은 진료 방해 행위가 다시 일어나지 않게 보장해
주십시오. 저는 연수생이라 지정의도 주치의도 아닌 까닭에 적
극적으로 대처하기 난감했지만 진료 중에 일어나서는 안 되는
일이었다고 생각합니다. 물론 부원장님께서 제 침술에 대한 지
지로 보증을 서주셨지만 그보다는 한마디가 아쉬웠습니다."

"어떤 한마디 말인가?"

"저 변호사 끌어내!"

"……!"

우릉!

부원장의 눈에 지진이 일었다. 틀린 말이 아니었다. 병원에
와서 목소리를 높이던 변호사. 그러나 윤도는 병원 소속이 아
닌 연수생 신분. 그렇기에 윤도가 변호사나 환자를 상대로 언
쟁을 하기는 어려웠다. 명백히 병원 측의 배려 부족이었다.

"제 침술을 믿는다면 쾌적한 진료 환경을 만들어주시는 게
우선 아니었을까요? 여긴 제가 있던 갈매도의 주민 친화형 보
건지소가 아니라 대한민국 최고의 한방병원이 아닙니까?"

윤도의 주장은 명쾌했다. 실제로 의료사고가 났다면 모르지만 진료 과정에서 일어나는 의료 침해는 없어야 했다.

"내 불찰이었네. 채 선생 침술의 결과만 생각하느라 대처에 소홀했어. 이 자리에서 정식으로 사과하겠네."

"……."

"그리고 약속하겠네. 채 선생이 그 환자들을 진료하게 된다면 진료 및 처방 결정권은 물론이고 진료에 어떤 곤란도 없도록 전권을 주도록 말일세."

"암 시침 시에는 수련의도 한 분 동행하게 주십시오. 제가 여기 정식 한의사가 아니다 보니 혼자 진료에 나서면 여러 애로가 많습니다."

"문제없네. 그 또한 조 과장에게 지시하겠네."

부원장의 허락이 떨어졌다. 암 환자를 치료하려면 이 정도 포지션은 필요했다. 들러리가 아니라 최고의 침술로써 환자를 선택하는 거라는 것. 그런 분위기부터 조성해야 했다. 이 또한 과시와는 달랐다.

"그럼 그렇게 알겠습니다."

윤도가 A4 용지를 들고 일어섰다. 침으로 암에 도전. 한의대를 다닐 때의 윤도도 궁금한 일이었다. 동기들과 밤샘 토론도 했었다. '갑을경'을 남긴 황보밀이라면, '침구경험방'을 남긴 허임이라면 암을 잡을 수 있을까? 에이즈를 잡을 수 있을까? 사스나 메르스를 잡을 수 있을까?

"아, 그런데 말이야……."

부원장의 말이 윤도를 세웠다.

"······?"

"마지막에 있는 환자는 고려하지 않아도 되네. 무심하게 방치하다 최근에야 암을 발견하게 되었는데 오른쪽 무릎 부위 골종양이네. 전이 가능성이 높고 병소 부위가 깊어 현대 의학에서 절단을 권유한지라 한방으로 안 될까 싶어 왔는데 여기서도 비슷한 의견이 나오고 침술로 차도가 없자 퇴원 신청 중이라네. 아마 형편이 넉넉지 않다는 말에 주치의가 끼워 넣은 모양인데 제외하시게나."

'절단?'

"우리 비서 아가씨도 빼는 걸 깜빡한 모양이야."

"알겠습니다."

윤도가 복도로 나갔다. 우묵한 두 시선이 윤도 그림자를 따라왔다.

"나 모르는 일이 있었군?"

장 박사가 부원장을 바라보았다.

"예, 자궁근종 치료 과정 중에 과다 출혈로 놀란 환자가 소송을 내겠다고 변호사를 부르는 통에··· 박사님께 면목 없게 되었습니다. 명의를 보내셨는데 침술 평가에 넋이 빠져 진료권을 보장하지 못했으니······."

"아쉽지만 의사의 운명 아닌가? 평생 몇 번은 피할 수 없는 일이지. 우리 채 선생, 덕분에 한 뼘 더 자랐을 거야."

"대처도 놀랍더군요. 치료가 성공되었다는 걸 확인시킨 후에 환자와 소동 변호사를 불러다 정식 사과를 받아냈다고 하더군요."

"그래도 되는 친구지. 암."

"그나저나 누굴 선택할까요?"

"글쎄… 암의 상황으로 보아 위암이 좋지 않을까? 초기인 데다 한의학에도 여러 비방이 전하고… 하지만 우리 채 선생 침은 워낙 예측 불허라서 말이야."

"위암 쪽이 적합할 거 같습니다. 폐암 환자 같은 경우에는 특수한 상황도 있고… 위암이라면 채 선생의 장침을 기대할 만하지요."

"하긴 부원장 스태프들 앞에서 보란 듯이 성공하면 암 침술의 새 지평은 물론이고 모두에게 힘이 될 걸세."

"채 선생은 이미 그 지평에 한 발을 넣었습니다. 우리 의료진들, 지금까지 채 선생이 보여준 침술만으로도 바짝 고무되어 있거든요."

"기왕이면 두 발 다 넣어야지. 국민적인 인정을 받을 수 있도록 말이야."

"암 치료까지 괄목할 성과가 나오면 자궁근종과 더불어 침술 치료의 새 교본으로 삼을 생각입니다."

"그래주시게. 이제 한방도 증명으로 국민 의료 정서에 다가가야 할 시기라네."

"그나저나 서울한방의료원 일은 어떻게 되고 있습니까?"

"채 선생 덕분에 훈풍이 불 것 같네."

"거기서도 신침을 선보였습니까?"

"맛만 보였지. 여기 연수 끝나면 내 한의원에서 마지막 화룡점정을 새길 걸세. 주부부처 차관의 고질병을 상대로 말일세."

"박사님 노고가 크시군요."

"내 노고랄 게 뭐 있나? 다 채 선생의 걸출한 침 솜씨 덕분이지."

장 박사가 소파에 등을 기댔다. 얼굴은 웃지만 사실, 그의 속내는 골똘하고 있었다. 부용 때문이었다.

장 박사는 오는 길에 부용의 기획사에 들렀다. 거기서 윤도에 대한 말을 주고받았다. 그때 이 미선이 화두에 올랐다. 장 박사가 부원장의 계획을 알려준 것이다.

"채 선생님이 누굴 선택할 거 같아요?"

부용도 궁금해했다.

"위암 환자가 적격이야. 치료 가능성이 높고 옛 의서(醫書)에도 언급이 여럿 나오거든. 가능성이 높은 질환을 선택해 집중하는 것도 의원의 자질이니까."

"이거 누가 선정한 건가요?"

"주치의들의 추천이라고 하더군. 그건 왜?"

"신분 배열이 기막혀서요. 재벌급 거부에 권력자 부인, 제약회사 대표, 그리고 가난한 공시생… 더구나 이 강외제약은 한약품 시장의 개척자 아닌가요?"

"그렇다고 볼 수 있지."

"딱 한 사람이라면 말이에요……."

부용이 담담하게 말꼬리를 이었다.

"폐암 걸린 강외제약 사장을 살려야겠네요. 아무래도 채 선생님 일에 도움이 될 테니까요."

"생각의 각이 다르군. 역시 이 대표는 타고난 비즈니스맨이야."

"저랑 내기할까요?"

"내기?"

"채 선생님이 어떤 환자를 선택하는가 말이에요."

"이 대표는 폐암 환자에 걸려나?"

"각자 감이 오는 환자를 써서 밀봉해 두는 게 어때요? 나중에 채 선생님 앞에서 까서 식사 내기요."

"재미난 이벤트가 되겠군. 이 대표는 뭐 하나를 해도 사람을 흥미 있게 만든다니까."

둘은 그렇게 내기를 걸었다. 밀봉한 봉투는 장 박사가 챙겼다. 그 봉투는 지금 장 박사 상의 주머니에 있었다.

'위암이냐 폐암이냐?'

장 박사의 고개가 진지하게 기울었다. 상상하는 것만으로도 장 박사는 긴장의 도가니였다.

윤도는 첫 병실에 도착했다. 인턴 안미란과 함께였다. 조 과장의 지시가 전격적으로 떨어졌다. 지시를 받은 마혁은 안미란을 투입했다. 애당초 송재균이 자청을 했지만 낙점은 안미란이었다. 송재균은 주치의로 배정된 환자가 있는 까닭이었다.

1인용 특실이었다. 안에는 주치의가 있었다. 윤도를 보더니 반색을 하며 환자에게 소개를 했다.

"침술 천재로 불리는 채 선생님입니다. 그 왜, 여객선 심장마비 승객들을 침 한 방으로 살린……."

"아이고, 선생님."

재벌급 거부는 간절해 보였다. 눈 밑은 검은 듯 붉었다. 암의 징후였다. 항암과 방사선 요법을 견디지 못해 한방 치료로 방향을 튼 환자. 나이에 비해 맥은 괜찮았다. 위장경으로 뻗치는 혈자리들의 문도 완전 엉망은 아니었다.

복용하는 탕제는 새명단. 새명단은 동의보감에도 나온다. 등창이나 어구창, 변독과 원인이 불분명한 종독을 치료하는 효능을 가졌다. 그렇기에 구성 약재를 가감해 암 치료에 쓰는 한의사가 많았다.

약성을 분석했다.

[약효 기대치] 中中.

현실 기준으로 치면 上中쯤 되었다. 좋은 약재가 총동원되었다는 뜻이었다. 환자의 기혈 관계는 나쁘지 않았다. 의사가 환자의 맥을 제대로 짚고 치료 중이니 호전의 가능성이 높았다.

"저기 채 선생님."

윤도가 나오자 주치의가 따라 나왔다.

"네?"

"이런 말할 자리는 아니지만 같은 값이면 이분 치료 좀 부탁해요. 실은 제 고등학교 선배 할아버지인데 정말 좋은 분이거든요. 회복만 되면 사례도 충분히 하실 겁니다."

"예……."

고개를 숙여주고 다음 병실을 찾았다. 병원에는 이런 환자들이 많았다. 어느 과 누구 닥터의 처가(妻家), 간호사의 언니, 스태프의 작은 아버지. 환자가 되면 아는 지인이 있는 병원이 위안을 준다. 반면 슬픈 생각도 들었다. 아는 사람이 없는 환자는 불이익이라도 받는 건가?

그런가?

두 번째 환자를 만났다. 유방암 환자는 다소 히스테릭했다. 개인 비서 역시 까탈스럽기로 치면 만만치 않았다. 권력에 기대 대접받는 게 몸에 배어 그런지 의사 위에 군림하려는 눈치였다.

태의승 곽옥의 명언을 생각했다.

—권세 있는 자가 의원을 믿지 않으면 치료하기 어렵다.

열외!

이 환자는 즉석에서 결정을 내렸다.

세 번째는 폐암 환자 차례였다. 2세 경영인이다. 그러나 무늬만 경영인은 아니었다. 그는 병상에서도 신약 개발 과정을 챙기고 검토하고 있었다. 미국 아이비리그를 마쳐 다른 직업을 가질 수도 있었지만 아버지의 가업을 물려받아 매출 순위를 끌어올린 저력의 소유자였다.

그는 진취적이다. 웬만한 메이저 제약 회사도 꺼리는 한약 신약 개발에 열중이다. 한마디로 도전적인 경영 정신의 소유자였다.

진맥을 받는 손에서 한약 냄새가 났다. CEO가 직접 약재를 만진다는 반증이었다. 얼마나 열심히 회사를 이끄는지 알 것 같았다.

하지만!

"……!"

진맥하던 윤도의 머리카락이 삐죽 솟구쳤다. 문제가 있었다. 보통 문제가 아니었다.

'혈자리…….'

다시 한번 체크했다. 불안한 정보는 거듭 확인이 되었다. 혈자리였다. 특이하게도 혈이 작았다. 티끌이라고나 할까? 거의 흔적뿐인 사람이었다.

물론, 모든 혈자리는 크지 않다. 대개는 좁쌀에서 쌀알 크기다. 드물게 작은 동전만 한 혈자리도 있기는 하다. 하지만 이 환자는…….

'후우!'

한숨을 감추고 진맥을 끝냈다. 좋지 않은 정보는 내색하지 않는 게 환자에게 좋았다.

"어때요?"

폐암 환자 류수완이 물었다.

"맥은 괜찮네요."

별수 없이 거짓말을 했다.

"선생님이 신침을 놓는다고 들었습니다."

"신침은 아니고 열심히는 놓습니다."

"혹시 기회가 되면 나도 그 침 좀 부탁해요. 꿈꾸던 신약 개발이 코앞인데 이놈의 암이 딴죽을 걸고 있어서……."

꿈!

그 단어가 귀를 타고 들어왔다. 진솔함에 홀려 환자를 바라보았다. 그의 눈에, 그의 손에, 나아가 그가 보고 있는 책에 열린 꿈이 보였다.

'병원에서도 꿈을 꾸는구나……..'

한의사로서 한 번 더 겸허해지는 순간이었다.

안미란이 진료 차트를 찾는 동안 혼자 골종양 환자의 병실로 걸었다. 휠체어의 청년이 윤도 곁을 스쳐갔다. 통화하는 목소리가 너무 밝아 무심결에 돌아보았다.

"……!"

환자는 침대에 없었다.

"여기 환자는 방금 휠체어로 나간 남자분이세요."

뒤따라 들어선 안미란이 말했다. 환자의 침대에는 옷가방만 덩그러니 놓여 있었다. 부원장의 말처럼 퇴원 절차를 밟는 중인 모양이었다.

'볼 필요 없겠네.'

탁!

병실 문소리와 함께 환자 방문이 끝났다.

상담실에 혼자 자리를 잡았다. 세 명의 암 환자 진맥을 머리에 띄워놓았다.

맥으로 본 치료 가능성의 순서는 재벌급 거부→청와대 권력자 부인→제약 회사 대표의 차례였다.

윤도에게 주어진 시간은 많지 않았다.

'딱 한 사람만 고칠 수 있다면…….'

누굴 고쳐야 큰 가치를 이룰까?

가능성만 본다면 위암 환자인 재벌급 부자가 첫손에 꼽혔다. 하지만 윤도 머리에는 제약 회사 대표의 혈자리가 와글거렸다. 그의 자세와 최악의 혈자리……. 두 가지가 중력처럼 마음을 끌어당겼다. CEO가 되어서도 꿈을 가진 사람. 더불어 희귀한 혈자리 때문에라도 경험하고 싶었다.

'당첨.'

폐암 환자.

결정과 함께 화장실에 들렀다. 시원하게 소변을 보고 나올 때였다. 비상구 계단참에서 맑은 통화음이 새어나왔다.

"아빠……."

소리의 주인공은 골종양 청년이었다.

"걱정하지 마. 나 아무렇지도 않다니까."

목소리가 너무 맑아 윤도가 걸음을 멈췄다. 골암에 걸린 청년. 병소 부위가 좋지 않아 다리를 절단해야 할 처지다. 그런데 저렇게 낭랑한 목소리라니?

'혹시 자기 상황을 모르는 걸까?'

잠시 생각에 잠겼다. 그런 경우는 많았다. 의사를 만난 보호자들이 환자에게 통보하지 않는 경우다. 마지막까지 희망을 가지게 하자는 취지였다.

하지만 청년은 그렇지 않았다.

"아빠, 다리 좀 자르면 어때? 나 두 팔은 힘 무지하게 세거든. 아빠하고 팔씨름해도 이기잖아?"

"……."

윤도의 상상은 보기 좋게 뒤통수를 맞았다.

"소방관 공무원 시험? 괜찮아. 나 필기 합격이잖아? 거의 다 맞았어. 그러니까 반은 된 거잖아? 그 실력으로 장애인 공무원 시험 보면 돼. 불 못 끄고 사람들 못 구해서 좀 그렇지만 소방 공무원만 공무원인 건 아니니까."

"……."

"응, 그러니까 아빠는 여기 오지 말고 그냥 장사해. 나 장애인 택시 부르면 돼. 그거 타고 아빠 트럭 앞에 내릴게. 오늘은 통닭 좀 팔았어?"

'통닭……'

청년의 아빠는 길가에 세워진 장작구이 트럭 행상인 모양이었다.

"병원비는 알바비 모은 걸로 내면 된다니까. 아, 씨… 최종 시험에 합격하면 그 돈으로 아빠 제주도 구경시켜 주려고 그랬는데 기회를 안 주네."

"……."

"아빠, 그러니까 통닭이나 잘 구워. 저번처럼 너무 구워서 안 팔린 걸로 3일이나 계속 먹게 하면 안 돼."

"……."

"응, 나 금방 갈게. 파이팅."

청년의 말소리가 끊겼다. 바로 계단참에서 나올 거 같아 윤도가 걸음을 떼었다. 그런데 계단참에서 나온 건 휠체어가 아니라 흐느낌이었다.

"엄마……."

쉰 목소리였다. 조금 전까지 씩씩하던 목소리와 달랐다.

"미안해. 나 소방공무원 포기야. 다리를 잘라야 한대."

"……."

"엄마가 화재 때문에 죽어갈 때 약속했는데… 꼭 소방관 되겠다고. 그래서 정말 잠도 잘 안 자고 열심히 공부해서 한 방에 합격했는데……."

"……."

"대신 다른 공무원 시험 봐서 합격증 가져다줄게. 그걸로 용서해 줘."

"……."

"미안해. 절대 울지 않는다고 엄마랑 약속했는데… 나 한 번만 더 울게. 한 번만… 어엉……."

그런데……

청년의 목소리 사이로 익숙한 멘트가 불협화음으로 반복되는 게 들렸다.

─이 번호는 없는 번호이니 다시 확인……

그제야 윤도는 알았다. 청년이 건 건 그의 어머니 번호였다. 이미 하늘로 간 어머니. 받는 사람도 없는 번호에 전화를 걸고 고백하는 청년이었다.

우릉!

윤도 머리에 천둥이 울었다.

눈물을 추스른 청년이 휠체어를 밀고 나왔다. 언제 그랬냐는 듯 콧노래를 흥얼거리며 병실로 향한다. 문 뒤의 윤도는 한참을 움직이지 못했다. 겨우 정신 줄을 가다듬고 나온 윤도가 계단참을 바라보았다. 쓰레기통이 보였다. 그 옆에 떨어진 종이 조각이 시선을 차고 들어왔다.

"……!"

공무원 수험표였다. 두 번 찢어 네 겹으로 만든 후에 구겨서 버렸다. 미련을 버린 것이다.

공무원 수험 응시표.

응시자 성명 구대홍.

응시 직렬 소방직.

'소방직.'

엿들은 것만으로도 청년의 사연을 알 것 같았다. 엄마는 화재로 죽었다. 그 엄마 앞에서 소방관이 되겠다고 약속을 했다.

엄마처럼 불에 희생되는 사람을 막으려는 착한 맹세였다. 아버지는 장작구이 통닭 트럭 행상을 한다. 청년은 알바를 하면서 공부를 했다. 필기시험에 합격해 엄마와의 약속을 '절반'은 지켰다.

골종양은 그 후에 발견되었다. 수험표의 시험 일자를 보니 지난달이다. 시험을 본 후에야 병원을 찾았다. 청년의 골종양은 이미 중기. 무릎관절 쪽이 주요 병소였으니 통증이 없지 않았을 일이었다. 그걸 참고 공부를 했다니. 한마디로 초인이었다.

절반의 꿈을 이룬 초인.

그 초인이 암세포 따위의 습격에 휘말려 날개를 접었다. 화려하지 않지만 누구보다 숭고한 꿈의 날개를.

꿈······.

다시 그 단어를 곰곰 생각했다.

윤도에게도 꿈이 있었다. 한의사로서 전설적인 명의들처럼 의술을 펼치는 것. 그 꿈을 헤이싼시호에서 이루었다. 보이지 않은 기운이 윤도에게 축복을 내렸다.

그 꿈을······.

저 친구에게도 나눠줄 수 있을까?

그 생각이 윤도 등을 밀었다.

"구대홍 님."

가방을 챙기는 청년을 윤도가 불렀다.

"어?"

구대홍이 고개를 들었다. 그로서는 처음 보는 윤도. 그러나 병원 가운을 입었으니 의료진인 걸 알기에 눈만 끔뻑거렸다.

"퇴원하게요?"

"네⋯⋯."

"혹시 주치의께서 장침 맞을 기회가 올지 모른다는 얘기 안 했어요?"

"음⋯⋯. 지나가는 말로 하기는 했어요."

구대홍이 대답했다. 폭풍 서러움의 그늘은 그의 얼굴에 없었다.

"뭐라고 들으셨어요?"

"제 뼈를 갉아먹는 암세포를 쫙 밀어낼지도 모를 장침 선생님? 하지만 조금 늦은 거 같다고 했어요."

"본인 생각은 어때요?"

"저도 그렇게 생각해요. 사진 봤는데⋯⋯. 아주 나쁘게 자리를 잡았더라고요. 병원에 조금만 일찍 왔으면 좋았을걸⋯⋯."

"내가 진맥 한번 해봐도 될까요?"

"그건 어렵지 않아요."

구대홍이 팔을 내주었다. 윤도가 천천히 맥을 잡았다. 맥은 부조화의 극치를 이루고 있었다. 나이로 치면 혈기가 왕성한 청년. 그러나 무릎뼈의 골종양이 깊다 보니 끊기고 무너지는 맥이 많았다.

윤도는 한참을 집중했다. 위태롭지만 희망의 실 한 줄기를 잡아냈다. 무릎을 관장하는 혈자리 한둘에 흔적이 남았다. 완전히 끝장이 난 건 아니라는 뜻이었다.

"좋지는 않네요."

윤도가 손목을 놓았다.

"거봐요."

"하지만 100% 가능성이 없는 건 아니에요."

"……?"

구대홍의 표정이 뜨악하게 변했다.

"소방공무원 시험 봤죠?"

"어? 어떻게 알았어요?"

"경쟁률이 얼마였어요?"

"120 대 1요."

"공부할 때, 합격 보장 되었나요?"

"세상에 보장된 일이 어디 있어요? 그냥 최선을 다했을 뿐이에요."

"떨어질 각오했었죠?"

"그럼요."

"그 마음으로 우리가 같이 한번 도전해 볼까요?"

"네?"

"솔직히 말해서 구대홍 님의 골종양… 무릎뼈로 너무 나쁘게 들어갔어요. 그래서 전이 가능성도 높고 누구도 치료를 보장할 수 없게 되었네요."

"……."

"그렇다고 해서 완전히 불가능한 것도 아니에요. 가능성이 있다는 것, 그것만으로도 시도해 볼 만하지 않을까요?"

"선생님······."

"이거 한번 볼래요?"

윤도가 핸드폰을 내밀었다. 윤도 기사가 난 화면이었다. 여객선 심장마비자 일곱 명을 구한 장침의 명의.

"와아, 선생님이 그 선생님이세요?"

구대홍이 소박하게 웃었다.

"잘난 척하려는 게 아닙니다. 나도 다른 한의사와 다를 거 없지만 어떤 날 필이 제대로 꽂히면 큰 병을 잡기도 하거든요. 그게 우리 침술의 매력이죠. 여객선의 심장마비 경우처럼 말이에요."

"······."

"해볼래요? 120 대 1 경쟁률도 겁 안 내고 도전한 용기면 안 될 것도 없잖아요."

윤도가 웃었다.

"선생님······."

"오케이?"

"돈 많이 들어요?"

"치료비는 큰 문제없어요. 내가 약속해요."

"······."

"오케이?"

"그럼 한번 해볼게요."

구대홍의 대답이 나왔다.

"잘 생각했어요."

"저는 뭘 준비하면 되요?"

"한 가지 있기는 하죠."

"뭔데요? 열심히 하고 있을게요."

"신념!"

"신념?"

"나를 믿고 자신을 믿으세요. 암은 반드시 극복할 수 있다는 신념. 그럼 좋은 결과가 나올지도 몰라요."

윤도는 구대홍의 어깨를 툭툭 쳐주고 복도로 나왔다. 걸음 속도가 빨라졌다. 이제는 거침이 없는 윤도였다.

6. 명의 장침 하사불성(何事不成)

"……!"

부원장실에서 두 사람의 눈이 뒤집혔다. 장 박사와 부원장이었다. 윤도의 선언 때문이었다.

"폐암과 골종양 환자를 동시에 맡아보겠다고?"

부원장의 목소리가 높아졌다.

"예."

"채 선생."

"쉽지 않다는 거 압니다. 만용도 아니고 허세도 아닙니다. 다만 제 침을 필요로 하는 병자가 있다면 최선을 다하고 싶을 뿐입니다."

"그렇다고 해도 암 환자네. 한 명만 정해서 집중하는 게……."

"한 명만 정하라시면 골종양 환자를 선택하겠습니다."

"채 선생, 그 환자는……."

"전권을 주겠다고 하시지 않았습니까?"

"……."

윤도의 신념 앞에 부원장은 말문이 막혔다. 침을 놓는 건 윤도였다. 그가 그렇다면 그런 것이다.

"가능성이 있다고 판단하신 건가?"

이번에는 장 박사의 질문이 이어졌다.

"자세한 건 내일 이른 아침에 상세 진맥을 해봐야 알 것 같습니다."

"그럼 나머지 두 사람은 왜 제외한 건지도 알 수 있을까?"

"위암 환자는 현재의 치료 과정으로 가도 호전될 가능성이 있고 유방암 환자는 창공의 삼불치(三不治)와 편작의 육불치(六不治)가 마음에 걸렸습니다. 그분에게는 직위가 높은 한의사가 필요합니다. 제가 극복할 수는 있지만 주어진 시간이 많지 않으니까요."

"시간이 많다면 다 다룰 수 있다는 거로군?"

"병세의 경우를 말로 장담할 일이 아니라고 생각합니다."

"채 선생 뜻은 알겠네만 골종양 환자는……."

부원장의 우려가 나왔다.

"퇴원은 일단 제가 막았고……. 치료비 댈 여유가 없다고 하셨던가요?"

"비단 그 이유만이 아니지 않나? 공연히 시간을 지체하면 무릎 아래를 자를 걸 그 이상으로……"

"반대로 무릎 아래도 자르지 않을 수 있지요."

"채 선생."

"그저 가능성만을 얘기하는 것뿐입니다. 그러니 부원장님."

"……"

"혹시라도 제 장침이 성공하면 그 청년의 병원비는 면제해 주셨으면 합니다."

"면제?"

"부원장님 말씀이 넷 중 한 명만 치료해도, 아니 현저한 호전만 보여주어도 고무적이라고 하셨지 않습니까? 그러니 그 성과로 만족하시고……"

"옵션까지 거는 걸 보니 대충 물러설 각오는 아니시군?"

"일단 맡으면 끝까지 가야 하는 게 의술이라고 생각합니다."

"……"

"……"

"좋아. 채 선생이 괄목할 만한 성과를 낸다면 그 청년의 병원비를 면제해 주겠네."

부원장의 허락이 떨어졌다.

"고맙습니다."

"필요한 게 있으면 뭐든 말씀하시게. 그분들이 현재 복용하는 새명단의 구성도 채 선생이 원한다면 성분 교체 역시 무방하네."

"상세 진맥 후에 종합 의견을 드리겠습니다."

"그러시게. 전 진료 부서에 총력 지원을 지시해 두겠네. 인력이든 약재든 장비든, 뭐든 말이야."

부원장의 다짐은 전폭적이었다.

혼자 주차장으로 나온 장 박사는 상의에서 봉투를 꺼내 들었다. 부용과 내기를 건 그 밀봉 봉투였다.

'허어.'

장 박사의 고개가 기울었다. 그가 적은 답은 오답이었다. 위암 환자라고 썼던 것이다. 장 박사는 그저 의학적인 소신에 따랐다. 분위기로 보면 폐암 쪽이었지만 한의사로서 본분 쪽에 배팅한 것이다.

그런데 뜻밖의 결과가 나왔다. 윤도가 선택한 건 하나가 아니라 둘이었다. 게다가 난도가 높은 암 환자들만 골랐다. 아니, 윤도는 시간만 넉넉하면 넷을 다 선택할 기세였다.

"폐암 환자의 혈자리가 최악이었습니다. 그래서 도전하는 마음으로……."

복도에서 물었을 때 나온 윤도의 대답이었다.

어렵기 때문에 도전한다.

그거야말로 한의사의 최고 덕목에 속했다. 과거의 명의들이 그랬다. 황제나 왕, 혹은 갑부들 옆에서 호의호식할 수 있음에도 세상의 온갖 질병을 찾아 유람한 명의들이 많았다.

그러나 세상은 바뀌어 21세기. 어려운 일 싫어하는 젊은이들이건만 윤도의 생각은 의원의 정도를 걷고 있었다. 저 실력이면 거만도 부릴 만하건만 여전히 배우는 자세의 윤도…….

'허어.'

무슨 무슨 전문가랍시고 타이틀에 기대 사는 기성세대로서 부끄러움까지 들었다.

부릉.

장 박사가 시동을 걸었다. 그길로 부용의 사무실을 찾아갔다.

"박사님."

부용은 활기차 보였다. 소속 아이돌의 신곡과 공연 준비를 점검하던 그녀였다.

"바쁜데 미안."

"이번만 봐드릴게요. 제 방으로 가세요."

부용이 장 박사를 끌었다.

"급한 일이세요?"

대표실에 들어선 부용이 물었다.

"채 선생 말이야, 저번에 말한 암 환자들 중에 치료할 사람을 선택했거든."

"그랬어요?"

"미리 말하지만 나는 틀렸어. 채 선생이 재미난 선택을 했지 뭔가?"

"제 답이 궁금해서 오신 건가요?"

"솔직히 말하면 자수하러 왔지. 나는 명명백백한 오답이라고."

"박사님은 누굴 적으셨는데요?"

"이거 열어도 될까? 어차피 채 선생이 옆길로 새서 말이야."

"편하신 대로 하세요."

찌익!

부용이 답하자 봉투 끝이 잘려 나갔다.

"……!"

부용의 답지를 펼친 장 박사의 시선이 얼어붙었다. 부용의 답지에 적힌 건 골종양 환자였다.

"허어, 기가 막히군."

"왜요?"

"결과적으로는 우리 둘 다 틀렸지만, 나는 완전하게 틀렸고 부용은 맞은 거나 진배없어."

장 박사가 두 종이를 펼쳐놓았다. 위암과 골종양이었다.

"채 선생님이 옆으로 샜다면… 한 명이 아니라 두세 명을 선택했어요? 아니면 전부 다?"

"둘이라네. 폐암 환자와 골종양 환자……."

"최고의 선택을 했군요."

부용이 시원한 미소를 머금었다.

"가능성만 본다면 최악이지. 힘든 경우만 골랐거든."

"가능성 같은 확률을 무색하게 만드는 게 채 선생님 의술이 잖아요?"

"이 대표는 짐작하고 있었나? 지난번에는 폐암 쪽이더니?"

"채 선생님이 폐암 환자를 선택하길 바라기는 했어요. 누군가 한 명을 살려야 한다면 제약 회사 사장이 채 선생님에게 긴요한 인연이 될 테니까요."

"비즈니스 측면으로?"

"그렇죠."

"그런데 왜 골종양을 적었나?"

"그건……."

부용이 일어나 창을 향해 걸었다. 시선이 단아해졌다. 부용은 창밖을 바라보며 잔잔하게 말을 이어놓았다.

"희망 사항이었죠. 왜 그런 거 있잖아요. 내가 아는 사람이 냉철한 이성으로 현실을 헤쳐 나가길 바라지만 마음 한편으로는 돈이나 득이 되지 않더라도 인간미를 보여줬으면 하는 마음……."

"……."

"그거였어요."

부용이 몸을 돌려 장 박사를 바라보았다.

"허어……."

장 박사는 뒤통수가 뜨끈해지는 걸 느꼈다. 부용의 설명 또한 충격이 아닐 수 없었다.

"그런데 제 마음을 해킹이라도 한 듯이 현실과 이상을 다 골랐네요. 그러니 최고의 선택이 아니고 뭐겠어요?"

"듣고 보니 그렇군."

"박사님 소감은 어떠세요?"

"채 선생… 이제 보니 그 친구, 한 사람만 고르라는 옵션을 주지 않았더라면 네 명을 다 선택했을 거라고 생각하네만."

"제 생각에 그건 좋은 선택이 아니에요."

"어째서 그렇지?"

"매사에는 선택과 집중이 필요하다고 생각해요. 의술도 예외
는 아니죠. 그래서 채 선생님의 선택이 더 멋지다는 거예요."

"이거 내가 두 번 뒤집어지는군."

"단순히 환자 선택 때문에만 뒤집어지는 건 아니시죠?"

"맞아. 채 선생에게 이유를 물었더니 대답하더군. 폐암 환자
의 혈자리가 최악이라 도전하고 싶다고."

"역시 채 선생님이시군요."

"이래서 늙은이들이 배척을 받는다니까. 잘난 경험으로 젊은
이들을 재단하려는 못된 관록병······."

"밥은 제가 쏠 테니까 마음 푸세요. 채 선생님의 가치관을
엿볼 수 있는 기회를 주신 데 대한 보답이에요."

"그게 또 그렇게 되는가?"

"저 몇 가지 지시만 마무리하고 내려갈게요."

"오케이!"

장 박사가 일어섰다.

"······!"

전화 지시를 내린 부용이 종이를 집어 들었다. 장 박사가 꺼
낸 그 답지였다. 입가에 미소가 번져갔다. 그녀가 장 박사에게
한 말은 진심이었다. 부용은 자기중심이 반듯한 남자를 좋아했
다. 실력이 있어도 오만한 남자는 싫었고, 실력도 없으면서 허

세를 부리는 건 더 좋아하지 않았다.

그런 면에서 오늘 윤도가 한 선택은 더할 나위 없이 좋았다. 도전하는 마음에 더해 은은한 향을 발한 인술… 그건 윤도의 장침만큼이나 빛나는 선택이 분명했다.

'당신이 택한 두 사람… 보란 듯이 치료해 주세요. 이 이부용이 응원할게요.'

가방을 집어 들며 부용은, 진심으로 기원했다.

그 시간, 윤도는 구석의 상담실에서 의학 서적을 섭렵하고 있었다. 윤도의 손가락은 신침을 놓는다. 신맥을 짚는다. 하지만 질병 치료는 환자와의 피드백이었다. 치료가 중요하지만 기전을 알아야 했다. 환자가 이해하도록 설명도 해야 했다.

그러자면 현대 의학의 이론도 필요했다. 한의대에서 일부 배웠던 현대 의학. 그것들을 한의학과 매칭을 시켰다. 환자에 따라서는 한의학의 용어보다 현대 의학의 용어에 익숙한 사람도 많았다.

그런 다음 한의학 의서를 펼쳤다. 오늘은 옹저(癰疽)에 집중했다. 한의학에서의 옹저는, 적취와도 통하지만 인체의 안팎에 생기는 모든 종기의 통칭이다. 암도 여기에 속한다.

암!

건강 100세의 최대 장벽.

암 치료는 발생 부위에 따라 치료 방법을 달리한다. 옹저 치료 과정과도 유사하다. 약재로는 복룡간, 국화, 황기, 인동덩굴,

백지, 참외씨 등이 나왔다. 새살이 빨리 돋지 않을 때는 백지를 필수로 꼽았다.

'쑥…….'

불에도 잘 타지 않는 종양 덩어리가 쑥뜸에 의해 중심부부터 녹아 사라진다는 말은 기억에 갈피로 찔러두었다. 흔하면서도 요긴한 약재. 그게 바로 쑥이었다. 그렇기에 쑥은 단군신화에도 버젓이 나오고 있는 것이다.

암에 좋은 혈자리 몇 개를 숙지했다. 폐와 뼈에 관련된 혈자리들이었다. 대거혈을 공부하고 공최혈을 다시 보았다. 공최는 원래 치질에 좋다. 하지만 항문이 백문(魄門)에 속한다는 걸 직시하고 돌아보니 백(魄)이 폐의 기이므로 항문이 폐에 속함을 깨달았다. 따라서 공최는 폐경(肺經)이 되고 폐의 질병에 효과가 있었다. 격수와 간수혈도 주의 깊게 보았다. 병은 대개 격수와 간수 사이에서 발생해 다시 그 틈새로 돌아간다는 말 때문이었다.

경맥에 침을 놓으면 상승하고 낙맥에 침을 놓으면 하강한다. 같은 장침을 찔러도 경맥에 가는 것이 있고 낙맥에 가는 것이 있다. 그러나 모두 그런 것은 아니다. 윤도의 신침에 의하면 사람마다 차이가 났다. 그렇기에 인체는 저마다 하나의 우주였다. 그 우주의 조화를 이루는 침술이니 참으로 신묘하지 않을 수 없었다.

맥의 원리도 그랬다.

문맥은 36문으로 통한다. 질병은 이 문을 통해 드나든다. 침을 꽂으면 반응을 알 수 있다. 침의 깊이와 방향에 따라서도 영향이 달랐다. 문은 무려 36문에 이른다.

금문, 혼문, 은문, 기문, 충문, 액문, 아문…….

문을 알 것 같았다. 맥을 짚으면 질환의 정도에 따라 반응하던 문들이었다. 침을 꽂으면 열리고 닫히던 문이 있었다. 문맥을 지배하면 질병을 지배할 수 있는 것이다.

거기까지 짚고 있을 때 상담실 문이 조용히 열렸다.

"선생님."

안미란이었다.

"안 선생님."

"과장님이 어디 가지 말고 대기 좀 부탁한다던데요? 부인과 산모의 특별 요청이래요."

"부인과라고요?"

"마취제 부작용이 있는 산모가 지금 자연분만 대기 중이에요. 그런데 겁이 좀 많은 분이라 선생님을 콕 찍어 비상시에 도와달라고 했다네요."

"저를요?"

"자궁근종 환자 소문이 쫙 돌았잖아요? 과장님이 약속했다고 체면 좀 세워달라서요."

안미란은 그 말을 남기고 문을 닫았다.

체면?

윤도가 피식 웃었다. 소문 때문에 바빠지긴 했지만 나쁘진 않았다.

'다음은 폐암……'

이제 본론으로 들어갔다,

신수혈과 폐수혈, 중부혈 등이 꼽혔다.

골종양도 빼놓지 않았다.

'천추혈, 경문혈, 신수혈, 명문혈.'

암에 좋은 양문혈과 종기의 명혈로 꼽히는 수삼리 역시 기억 갈피에 찔렀다. 필요한 자료를 재정립한 후에 신비경을 잡았다. 이제는 산해경에 영약 채집을 갈 시간이었다.

물론 침이 우선이었다. 자궁근종에서 그걸 실현했다. 영약 굴거가 있었지만 장침으로 쾌거를 이룬 윤도였다. 하지만 이번 병자들은 암 환자들. 치료 방법이 있다면 마땅히 약재를 함께 써야 하는 게 한의사의 사명이었다.

암에 쓸 수 있는 영약은 하나가 아니었다. 간단히는 산해경의 약수도 효과가 있을 수 있고 신목의 재료도 가능할 것 같았다. 자궁근종 때 확보한 '굴거'도 있고 종기를 낫게 하는 거북 '세발'도 있었다. 양도는 피부의 종기를 없애고 추어 역시 혹을 사라지게 한다. 거기에 나쁜 기를 없애고 온갖 독을 지배하는 웅황.

'웅황……'

한방으로 치면 광물 약재였다. 영약 중에서 그게 마음을 끌었다. 아기 주먹만 한 웅황을 손에 넣었다. 이 또한 산해경의 점지라 생각되었다. 투박한 황금빛이었다. 너무 투박해 약이 될까 싶을 정도였다.

'이제 좀 쉴까?'

…싶을 때 안미란으로부터 응급호출이 들어왔다.

"선생님 분만실로 빨리 좀 와주세요. 급해요."

안미란의 소리는 비명에 가까웠다. 윤도는 책을 놓고 뛰었다.

땡!

엘리베이터 문이 열렸다.

"이쪽이에요."

복도에서 기다리던 안미란이 분만실을 가리켰다.

"아악!"

안에서 뒤틀린 신음이 새어나왔다.

"……!"

안에 들어선 윤도가 미간을 구겼다. 20대 후반의 산모였다. 자연분만을 하던 중에 응급상황이 발생한 상황이었다.

"아, 채 선생……."

부인과장과 조 과장이 윤도를 돌아보았다.

"마취침을 꽂고 자연분만 중이었는데 갑자기 난산이 되었네. 채 선생을 찾고 계신데 좀 봐주겠나?"

조 과장이 윤도 등을 밀었다.

"선생님……."

산모가 윤도 손을 잡았다.

"걱정 마세요. 도와드리겠습니다."

윤도는 산모부터 안심시켰다.

"아이가 팔을 들었는데 그 자세로 자궁을 움켜쥐고 놓지를 않고 있네."

조 과장 목소리가 초음파 영상을 가리켰다. 정말 아기가 팔을 펴고 있었다. 그 팔의 끝은 자궁의 한쪽을 잡고 있었다. 그렇기에 탄생의 길로 내려오지 않는 것이다.

"어떤가? 수술실은 비워두었네. 방법이 없으면 바로 옮겨야 하네."

"잠깐만요."

"채 선생……."

조 과장의 눈빛이 윤도를 재촉했다.

방법.

그런 게 있었다. 공부 좀 한 한의사라면 알 수 있는 묘방이 있었으니 바로 '합곡혈'이었다. 합곡혈은 손등의 엄지손가락과 집게손가락 사이에 자리한다. 거기에 침을 넣으면 손의 힘이 없어진다. 그렇게 되면 아기가 움켜쥔 것을 놓을 수 있었다. 하지만 아기는 엄마 뱃속에 있는 상황. 무슨 수로 배 속 아기의 합곡혈에 찌른단 말인가? 내시경을 넣고 보면서 자침한다 해도 엄두내기 어려운 일이었다.

"악, 선생님!"

다시 산모의 비명이 터졌다. 마취침으로도 감당이 안 되는 고통인 것이다.

산모.

뱃속의 아기.

합곡혈.

'망침!'

윤도 뇌리에 침 하나가 스쳐 갔다.

"잠깐만 기다려 주십시오."

그 말과 함께 윤도가 밖으로 뛰었다. 호기심에 가지고 있던 망침. 그거라면 합곡혈을 노려볼 만하다고 판단한 윤도였다.

"……!"

돌아온 윤도가 망침을 꺼내 들자 안미란과 보조하던 간호사들이 소스라쳤다. 길이 때문이었다. 팔을 걷은 윤도는 먼저, 산모의 합곡혈부터 짚었다.

"주먹 좀 쥐어보세요."

산모에게 요청했다. 윤도를 믿는 산모는 피범벅이 된 입술을 깨물면서도 요청에 따랐다. 산모의 주먹에 윤도 시선이 꽂혔다.

'엄지……. 검지…….'

손의 형태를 파악하고 산모의 배에 집중했다. 그 배를 문지르며 아기의 위치를 잡았다. 신중하고 또 신중한 왼손, 왼손이었다.

맥을 짚듯 아기의 위치를 확인했다. 움켜쥔 손의 위치……. 동시에 아기의 움직임까지 계산에 넣었다. 잠시 숨을 고르며 망침을 바라보았다. 길고 긴 망침의 끝에 시선이 닿았다. 두 과장과 안미란, 간호사들도 그랬다.

'채윤도…….'

왼손으로 목표물을 가늠한 윤도, 기도하듯 뒷말을 이었다.

'넌 할 수 있어.'

그 말과 함께 망침이 산모의 배 속으로 들어갔다. 거침없는 자침이었다. 긴 망침은 배 위에서 살짝 돌았다. 양손의 엄지와 검지를 동시에 동원한 협지식천피 자침법이었다.

한 번.

한 번 더…….

침 끝은 배 안에서 두 번을 돌더니 활시위를 당기듯 몸 밖으로 나왔다.

"압!"

자지러지던 산모의 비명은 거기서 그쳤다. 대신 간호사의 비명 같은 외침이 이어졌다.

"아기가 나와요!"

"……!"

두 과장의 입에서 안도의 숨이 나왔다.

"아기가 나왔어요. 공주님이에요."

아기를 받은 간호사가 소리쳤다.

"고마워요. 선생님."

산모 얼굴에 눈물이 홍수를 이루었다. 그 눈물은 윤도에게 바치는 감사였다.

"아닙니다. 많이 힘들었을 텐데 참아주셔서 고맙습니다."

"아뇨. 선생님이 오시니 됐어요. 무슨 병이든 고치는 명침이 시라기에……."

"믿어주신 덕분입니다."

윤도가 겸허히 답했다. 환자의 신뢰 덕분에 빨리 끝난 시침이었다. 만약 그 반대였다면, 그래서 산모가 몸을 움직이거나 요동을 쳤다면 굉장히 어려운 시침이 되었을 일이었다.

잠시 후에 강보에 싸인 아기가 엄마 품에 안겼다.

"우리 아가, 괜찮아?"

산모가 아기를 안고 울먹였다. 강보 사이로 드러난 아기의 손. 두 과장은 그 손목을 확인했다. 보였다. 아기의 합곡혈에 남은 뚜렷한 침 자국. 윤도의 침은 한 치의 오차도 없이 합곡혈에 들어간 것이다.

"……!"

뒤에서 넘겨다 본 안미란은 기절 직전이었다. 이건 인간의 침술이 아니었다.

"채 선생!"

조 과장이 윤도 팔을 당겼다.

"네, 과장님."

"산모의 합곡혈로 미루어 태아의 합곡혈을 가늠한 건가?"

"예, 아기는 엄마를 닮으니 비율에 따라 축소 시침 했습니다."

"역시……."

조 과장이 고개를 끄덕거렸다. 차원이 다른 선택이었다. 부인과 과장 역시 엄지를 세워 흔들며 고마움을 전했다.

지옥과 천국의 공존.

이게 병원이었다. 어느 한편에서는 쾌차하여 퇴원하는 환자가 있는가 하면 또 한편에서는 갑작스러운 악화로 목숨이 위태

로워지는 곳…….

"선생님!"

윤도가 나오자 안미란이 뒤따라 나왔다.

"네?"

"세상에, 선생님, 사람 맞아요?"

"맞는데요. 남자 사람요."

"말도 안 돼. 이런 건 전설에나 나올 법한 일이에요. 세상
에……."

"그만해요. 나도 조금 떨리긴 했으니까요."

"이 망침 말이에요."

그녀가 기다란 침을 들어보였다.

"그걸 가지고 왔어요?"

"이거 멸균해서 제가 기념으로 간직해도 되요?"

"그거야 상관없지만……."

"오늘 선생님 정말 굉장했어요. 진심 저의 레전드라고요."

"안 선생님도 나중에는 다 돼요. 환자를 구하겠다는 마음이
강하면 기적이 내리거든요."

"흐음, 기적이 아무에게나 내리나요? 명의로 등극된 조 과장
님도 이런 건 못 하시거든요."

안미란이 망침을 흔들었다. 윤도에 대한 안미란의 신뢰는, 길
고 긴 망침의 길이만큼이나 깊은 모양이었다.

첫새벽, 알람 소리에 윤도가 잠에서 깨었다. 서둘러 세수를

하고 나섰다. 상세 진맥을 위해 일찍 나가야 하는 윤도였다.

"지금 나가려고?"

거실의 어머니가 물었다.

"어머니는 왜 이렇게 일찍 일어나셨어요?"

"왜라니? 네 아버지는 벌써 나갔어."

"……?"

시계를 보았다. 이제 겨우 새벽 5시 5분. 아버지의 일상은 여전히 전과 같았다. 그런 아버지를 생각하니 참 무심했다는 생각이 들었다. 고단함을 어깨에 달고 나갔을 아버지……. 광고에서처럼 음료수라도, 혹은 한방차라도 한잔 드리며 고맙다고 말했으면 얼마나 좋았을까?

'여유가 좀 생기면 피로 회복 영약이라도 하나 가져다 드려야겠네.'

마음을 추스르고 집을 나섰다.

"……!"

수련의 휴게실 문을 열던 윤도가 동작을 멈췄다. 그 안의 수련의들 때문이었다. 도종세와 안미란이었다. 밤새 응급실을 돌고 입원 환자들을 돌보느라 고단했는지 둘 다 의자에서 뻗어 있었다.

드르렁, 푸하.

도종세는 코까지 골았다. 쪽잠 자는 모습을 보니 숭고한 생각이 들었다. 좋은 한의사가 되려면 많은 인고가 필요하다. 아버지 일과 함께 한 번 더 경건해졌다.

톡!

가운을 꺼내 입은 윤도가 조심스레 휴게실 문을 닫았다.

"안녕하세요?"

윤도의 첫 병실은 제약 회사 대표이자 폐암 환자 류수완의 입원실이었다.

"오셨습니까?"

류수완이 상체를 세웠다. 윤도가 장침 치료를 하게 되었다는 통보를 받은 눈치였다. 인턴 안미란이 황급히 뒤따라 들어섰다.

"죄송해요. 피곤해서 잠시 눈을 감는다는 게."

빗질조차 못 하고 달려온 안미란이 얼굴을 붉혔다. 그녀는 인턴이다. 인턴일 때는 여자인 것을 포기해야 한다더니 한방병원도 다르지 않았다.

"아닙니다. 진맥 때문에 좀 일찍 왔어요. 맥이 순할 때……."

"준비해 드릴게요."

안미란이 나서 환자의 팔을 걷어주었다. 윤도 혼자 해도 되지만 그냥 두었다. 그녀가 기꺼운 표정이기 때문이었다.

"그대로 계세요. 맥 좀 보겠습니다."

"네……."

환자의 대답은 담담했다.

"마음 편안히 가지세요."

폐암.

윤도는 환자의 병명을 머리에서 지웠다. 고전에서 읽은 명언을 참고했다.

'환자의 병명에 휘둘리지 마라.'

병명은 하나의 기준에 지나지 않는다. 병은 변할 수도 있다. 드물지만, 말기 암 환자의 암세포가 저절로 사라지는 경우도 있었다.

─자연 식품만 먹다 보니 나았어요.

─산에서 좋은 공기만 마셨더니 나았어요.

심심치 않게 들은 말들이다. 반대로 멀쩡한 사람이 돌연 적신호를 받기도 하는 게 인체였다.

엊그제까지도 멀쩡했는데…….

작년까지는 끄떡없는 사람이었는데…….

빈 마음으로 맥을 짚었다. 이른 새벽에 달려온 건 오로지 진맥 때문이었다. 진맥은 새벽의 것이 가장 좋았다. 새벽 시간에는 밤을 건너온 음기가 아직 다 흩어지지 않았고 양기 역시 기동을 하지 않았다. 경맥의 기도 그렇고 낙맥의 기도 평온한 상태다. 다른 기혈 또한 야단을 떨지 않기에 맥을 체크하기에는 최적이었다.

진맥.

한의사들이 가장 우려하는 것 중의 하나가 진장맥이었다. 진장맥은 다섯 가지로 꼽힌다.

진간맥─맥을 잡을 때 칼날에 닿은 듯 날카로운 맥.

진심맥─굴러다니는 율무 알을 만지는 듯한 맥.

진비맥─빠르게 뛰다가 느리게 되는 걸 반복하는 맥.

진폐맥—마치 새털을 만지는 듯한 맥.

진신맥—힘 있게 뛰다가 간헐적으로 끊어지는 맥.

이런 맥이 잡히면 사람은 죽는다.

나아가 양 손목에서 맥이 잡히지 않는 사람도 있다. 걱정할 거 없다. 이는 청빈하고 고고한 사람이다. 드물게 손등과 손바닥 사이의 양계혈에서 맥이 뛰는 사람도 보인다. 이는 호맥이라 하며 질병이 없는 건강한 몸이다. 이외에 무혼맥 등이 있는데 '무혼맥'의 경우에는 치료가 불가능했다.

차분하게 경맥을 파악했다. 경맥은 세로 줄기다. 낙맥을 집중했다. 그물처럼 펼쳐지는 가지들이다. 12경맥 차례가 되었다. 흉복부를 지나는 삼음경맥과 족양명경에 주목했다.

환자의 맥은 삭맥이었다. 가슴에 불이 났음을 알려주는 맥이다. 맥박도 거칠어 병세가 얌전하지 않음을 알 수 있었다.

'오장의 기혈 부조화.'

폐의 원혈인 태연혈을 시작으로 기본 혈자리 상태를 보았다. 허망한 웃음이 나왔다. 티끌만 한 혈자리는 착각이 아니었다. 36문도 기막히게 작았다.

'좋아.'

담담하게 받아들였다. 기왕에 도전하려는 입장이었으니 가치 있는 경험이 될 것 같았다. 신수혈, 폐수혈, 선기혈 등을 중심으로 차분하게 체크해 나갔다. 윤도 감각이 거기서 멈췄다. 신장이었다. 신장의 기혈이 특별히 부조화였다. 폐로 오는 기세가 그랬다.

"차트에서 체온 좀 확인해 주세요."

윤도가 안미란에게 도움을 청했다.

"38도 정도로 미열인데요."

"그거 말고 시간대별 체온요. 입원 기간 전체적으로 해서 12간지 식으로 짚어봐 주실래요?"

"예?"

"12간지… 자축인묘진사오미……."

"……."

안미란은 잠시 황당해했지만 윤도의 요청에 따랐다. 결과를 받아 든 윤도 표정이 밝아졌다. 환자의 열은 두 포인트에서 평균보다 높았다.

—밤 11시~새벽 1시.

—낮 3시~5시.

같은 열이라도 오장의 이상에 따라 다르다. 신장의 열은 한밤에 더하고 간장의 열은 새벽에 더한다. 결국 이 환자의 폐암 뿌리는 신장이 출발점이었다.

신장 검사 결과를 보았다.

의료진은 당연히 신장 검사도 충실히 진행했다. 큰 유의점이 없었다. 신장 검사 데이터는 정상 언저리였다. 정상치보다 근사하게 낮을 뿐이었으니 그것으로 질병 추세를 판단하기는 어려운 일이었다.

다시 진맥으로 역추적을 했다.

"……!"

윤도는 집중했다.

궁상각치우.

고서의 말을 생각했다. 한방은 오행을 중시한다. 궁상각치우
도 오행에 속했다. 궁은 비장이오, 상은 폐장이오, 각은 간장,
치는 심장, 우는 신장에 속했다. 옛 명의들은 발음 소리로도 질
병을 알아냈다. 기역은 간장이오, 니은은 심장, 미음은 비장, 시
옷은 폐장, 이응은 신장의 기가 실려 나온다.

'궁상각치우……'

주문처럼 오행의 원리를 더듬으며 오장의 상태를 짚어냈다.
손끝에서 나온 기가 환자의 기와 조화를 이루는 순간 마침내
느낌이 전해왔다.

'비장… 그리고 간장… 폐……'

암의 히스토리를 알았다. 신장의 약한 기혈이 비장에 영향
을 주었다. 그게 간을 지나 폐에 병소를 만들었다. 그러고 보니
환자의 발음도 ㅅ과 ㅇ이 조금 약했다.

신장―비장―간―폐.

폐암의 히스토리가 나왔다. 신장이 근원인 게 확실했다.

장침 놓을 자리가 좌라락 머리에 그려졌다. 진맥은 그쯤으로
끝냈다.

"가슴하고 어깨 쪽이 아프죠?"

윤도가 환자에게 물었다.

"네."

"다른 애로 사항은요?"

"잠을 잘 못 잡니다."

"일단 가슴과 어깨 통증부터 잡아드리고 불면은 시간 차를 두고서 시침해 드릴게요."

윤도의 손이 고황 아래의 혈자리를 잡았다. 과연 작았다. 윤도는 정신 줄을 바짝 세웠다. 오랜만의 긴장이었다.

일침즉쾌.

손가락 안에 기의 바람이 불었다. 윤도는 그 침을 믿었다. 장침이 혈자리를 확보하자 환자의 표정이 부드럽게 풀렸다.

"응?"

환자가 어깨를 들썩거렸다. 몇 번 더 반복하더니 큰 소리로 외쳤다.

"통증이 사라졌어요!"

"네."

윤도가 웃었다. 그곳은 상체의 격통을 다스리는 명혈. 첫 혈자리 조준은 명중이었다.

"세상에, 어떻게 딱 한 방에?"

윤도를 따라 나온 안미란이 감탄을 터뜨렸다.

"치료에도 임팩트가 있어야 할 거 같아서요. 나 한번 믿어보세요, 그걸 침으로 보여 드린 겁니다."

"선생님, 너무 멋져요. 어제는 망침 원샷, 오늘은 격통 원샷……."

안미란은 상기된 볼을 감추지 못했다.

"멋지긴요. 그런데 저는 연수생이니 과장님 대하듯 그러지 않으서도 되요."

"연수생이긴 하지만 아주 특별한 연수생이잖아요."

"특별?"

"네, 어떤 때는 마치 우리를 연수해 주러 온 것 같아요."

"그것보다 안 선생님, 머리 좀 빗어야 할 것 같네요. 그대로 다니시면 선생님 프라이드가……."

얼굴이 뜨거워진 윤도가 화제를 돌려놓았다.

"어머, 잠깐만요."

안미란은 간호사 데스크로 뛰어가 엉클어진 머리를 다듬고 돌아왔다.

"죄송해요. 그렇잖아도 막 생긴 얼굴인데……."

"안 선생님이 뭐 어때서요?"

"위로 안 해도 되요. 그래서 제가 미용침에 관심이 많거든요. 동안침, 정안침 말이에요."

"좋죠. 요즘 그게 돈이 된다면서요?"

"그런데 선생님 침술 보고 흔들리고 있어요."

"왜요?"

"진짜 의술 말이에요. 망침에 장침에… 선생님의 침을 보니 동안침은 아무것도 아닌 것 같은……."

"각자의 신념이죠 뭐. 안 선생님은 잘할 수 있을 거예요."

"선생님도 처음에는 저처럼 버벅거렸어요?"

"당연하죠. 저는 더했어요."

"진짜요?"

"그럼요. 개인 한의원에 몇 달 있는 동안 얼마나 깨쳤는데요."

"거기 원장님이 침술 대가셨나 봐요?"

"그건 아니고……. 열심히 하다 보니 침에 눈을 조금 떴어요."

"와아!"

대화하는 사이에 두 번째 병실에 닿았다.

딸깍!

소방관을 꿈꾸는 청년 구대홍의 병실문을 열었다. 뒤에서 안미란이 물었다.

"선생님, 암 환자 시침이 한 사람이 아니고 두 사람이에요?"

"네."

윤도가 답했다. 안미란의 입이 쩌억 벌어졌다. 한 사람의 시범 치료를 맡을 걸로 알았던 안미란이었다. 그런데 그 두 배를 선택한 윤도였다.

청년은 트럭 행상 아버지와 함께 있었다.

"선생님."

구대홍이 예의를 갖췄다. 조금 피곤해 보이지만 여전히 밝았다. 이야기를 들었는지 그 아버지도 꾸벅 허리를 숙였다.

"왜 이렇게 일찍 일어났어요?"

윤도가 물었다.

"저 원래 일찍 일어나요. 쓰리 잡 뛰다 보니 습관이 됐거든요."

"쓰리 잡?"

"알바해야 하고, 아빠도 도와야 하고, 공무원 시험공부까지……."

구대홍이 얼굴을 붉혔다. 지상에서 가장 아름다운 청춘을 살고 있는 청년. 뭐가 부끄러워 고개를 숙일까? 구대홍의 말에 윤도 볼이 다 화끈거렸다. 오늘만 세 번째 깨달음이었다. 아버지와 인턴들, 그리고 구대홍까지…….

세상에는 열심히 사는 사람이 너무나 많았다.

이 청년 나이 때의 윤도는 천국에 있었다. 그저 공부만 하면 되었다. 그런데도 마치 지상의 모든 고난을 다 짊어진 듯 살았다. 나름 열심히 살았다고 생각했지만 구대홍 앞에서는 할 말이 없었다.

"마음 편안히 가져요. 진맥 좀 하려고요."

윤도가 말하는 사이에 안미란이 진맥 채비를 갖춰주었다. 침구과장급 대접을 받는 것 같아 얼굴이 화끈거렸다.

진맥법은 폐암 환자와 같았다. 앉아서 잡고 서서도 잡았다. 골기(骨氣)의 시작이라는 대저혈부터 천추, 경문혈을 지나 암 병소 부위인 무릎의 혈자리를 빼곡하게 점검했다. 처음에는 왼쪽 무릎 병소만 느껴졌다. 사납고 단단했다. 하지만 연결된 끈을 알게 되었다. 끈은 위로 올라갔다.

'대장, 신장, 비장, 간, 폐……?'

하나하나 체크하던 윤도가 숨을 멈췄다. 폐였다. 폐엽의 말단에서 전이의 낌새가 감지된 것이다. 골종양의 2차 전이로 심심찮게 대두되는 폐. 역시 그곳이었다.

구대홍의 상태는 류수완과는 반대 경우였다. 골종양의 영향으로 전이를 예상하던 의료진들. 그 우려가 저 먼 상부의 폐에 도달한 것이다.

진맥을 끝내고 복도로 나왔다. 구대홍의 아버지가 따라 나왔다.

"선생님."

주섬주섬 뭔가를 내밀었다.

"좋은 건 못 드리고… 제가 특별히 참나무 사다 구운 통닭입니다. 한의사 선생님들이 이런 거 먹을까 걱정되기는 하는데 아무것도 해드릴 게 없어서……."

"아닙니다. 저, 이런 거 없어서 못 먹습니다."

윤도가 기꺼이 받아 들었다. 공연한 실랑이를 벌이면 구대홍의 아버지만 민망할 일임을 아는 까닭이었다.

"어휴, 받아주시니 고맙습니다."

아버지는 몇 번이고 허리를 숙이고 돌아섰다.

"채 선생."

마혁이 다가왔다. 논문을 쓴다더니 어제 밤도 레지던트실에서 밤을 새운 모양이었다.

"큼큼, 치킨 냄새가 나는데?"

그가 코를 벌름거렸다.

"얻었는데 드실래요?"

윤도가 장작구이 통닭을 들어 보였다. 통닭은 아직 따끈한 온기가 남아 있었다.

"일찍 나왔다길래 구내식당에 아침을 준비해 놓으라고 했는데……."

"그럼 가서 통닭이랑 같이 먹어요."

안미란이 두 남자의 등을 밀었다.

"여깁니다."

식당에서 손을 흔든 사람은 송재균이었다. 그는 모든 세팅을 마치고 기다리고 있었다. 윤도가 그 위에 장작구이 통닭을 펼쳐놓았다. 통닭은 노릇노릇이라는 단어의 진수를 보여주고 있었다.

"우와, 이거 우리가 오히려 대접받게 생겼네?"

송재균이 웃었다.

우거지탕 국물에 통닭을 뜯었다. 장작구이 맛은 기가 막혔다. 한 마리는 옆 테이블의 간호사들에게 인심을 썼다. 노릇한 닭다리를 뜯으며 윤도는 생각했다. 이 황홀한 맛처럼 구대홍도 완쾌의 황홀을 맛볼 수 있기를.

"이게 류수완 씨가 복용하는 탕제입니다."

약제팀 한약사가 재료를 꺼내 놓았다. 약재 공부도 할 겸 폐암 환자의 탕약 체크에 나선 윤도였다.

'새명단…….'

약제는 복합적이었다. 복합 약제를 쓰는 건 폐암의 내성 방지를 위한 조치였다. 어떤 암이든 내성만 잡는다면 치료 가능성은 훌쩍 올라갈 수 있었다. 기침과 흉수, 통증을 잡기 위한 처방에 더불어 근본 약재도 보였다.

산삼!

산자고!

두 가지였다. 물론 산삼은 자연산이 아니었다. 산자고는 종창과 악창에 주로 쓰이는 약재였다. 분석을 해보니 퀄리티도 좋았다. 윤도의 산해경 분석 기준으로 '中中'이 나왔다. 약재 수급과 관리가 제대로 되고 있었다. 현대 약전 기준으로 上中이 되는 것이니 최상급으로 봐도 무방했다.

암 치료 기술이 발달했다고 해도 폐암은 여전히 무섭다. 많은 암들 중에서 사망률이 가장 높은 암도 폐암이었다. 전체 재료 중에서 흠이 있는 건 한 가지뿐이었다. 바로 약성이 낮았다.

"재료는 이겁니다만……. 하자는 절대 없거든요."

한약사가 원재료를 보여주었다. 품질 관리가 잘된 약재였다. 하지만 한약재의 경우는 눈으로 봐서는 알 수가 없었다. 같은 약재라고 해도 성분 함량이 차이 날 수 있기 때문이다. 윤도의 손이 맨 아래 칸 약재를 집어 들었다. 그게 약성이 더 좋았다.

"이 약재는 이걸로 대체해 주면 좋겠습니다."

어떻게 보면 미미하고 작은 일. 하지만 치료에서는 그렇지 않았다. 예를 들어 침이 그랬다. 혈자리니까 대충 집어넣는다면? 혈자리 안에서 보법과 사법을 아우르며 기혈 조화를 이루는 건 천지 차이이다. 탕약이라고 다를 게 없었다.

"이건 구대홍 환자에게 투약하던 탕제……."

골종양의 탕약도 새명단의 약재와 중심은 같았다. 구대홍은 현재 탕약을 먹지 않는 상황. 약재만 확인하고 그냥 두었다. 이 경우에는 탕약 없이 침만으로 도전하는 것이다.

마지막으로 웅황을 보았다. 이미 산해경의 웅황을 확보한 윤도. 비교하고 싶었다. 上品 웅황을 조금 얻은 후에 약제실을 나왔다. 탕제를 처방한 내과과장을 만났다. 신장에 대한 약재를 보강해 줄 것을 요청했다. 폐암 환자의 발병 원인은 신장. 내과과장 역시 기전을 이해하기에 수락을 했다. 원래라면 연수생 주제에 탕제 관여는 씨알도 안 먹힐 일. 그러나 병원 차원의 지원을 업었기에 문제가 없었다.

"고맙습니다."

인사를 하고 복도로 나왔다. 시범 항암 치료의 선봉장이 된 윤도. 이제는 장침을 준비할 타임이었다.

7. 융단폭격

　"화면 띄웠어요."

　회의실에서 안미란이 컴퓨터를 가리켰다. 류수완과 구대홍의 영상 자료와 검사 결과를 재확인했다. 한방병원이지만 기본 영상과 이화학적 검사는 서양의학 시스템과 비슷했다. 관련 전문의들을 채용해 협업을 갖춘 것이다. 윤도는 이런 과정이 즐거웠다. 자신의 맥을 영상이나 이화학 검사와 비교할 수 있는 기회이기도 했다. 검사상에서는 아직 암의 전이 소견은 나오지 않았다.

　"무슨 문제라도 있어요?"

　안미란이 물었다.

　"이 환자들, 전이는 의심하지 않았나요?"

"했어요. 그래서 여러 검사를 했는데 발견되지 않았어요."

"류수완 씨는 신장 쪽 검사, 구대홍은 폐 쪽으로 다시 했으면 합니다. 여기하고 여기를 중점으로요."

윤도가 영상의 한 지점을 '콕' 짚었다. 맥에서 이상을 보인 자리들이었다.

"선생님?"

"거기 문제가 있는 거 같아요. 암은 아니더라도 병소나 이물 같은 게 있을 것 같습니다."

"……."

"부탁합니다. MRI도 판독 오류가 있을 수 있다고 들었거든요."

"마 선생님께 말씀드려서 조치할게요."

안미란의 수첩에 메모가 더해졌다.

"환자들 식사 끝나면 바로 시침할 겁니다."

윤도가 침통을 꺼냈다. 장침을 살폈다. 점검이다. 마함철로 만들었기에 기성 제품보다 더 세심한 관리가 필요했다. 소독솜으로 끝을 잡고 퉁김을 넣었다.

팅!

손끝을 울리는 활력이 좋았다.

"선생님."

"네?"

"그 침… 마함철로 만든 거죠?"

"네."

"어쩐지 달라 보여요. 절대고수의 침이라고나 할까요?"

"손에 익다 보니 사용하는 거예요. 이거 관리하기 굉장히 까다로워요."

"감염 우려 때문에요?"

"그건 기본이고 환자가 인체의 일부처럼 느끼게 하려면 말이죠. 침이나 주사, 꺼리는 환자들이 많잖아요. 더구나 장침은……."

"그럼 동의보감에 나오는 것처럼 오매와 마황 같은 다섯 가재 약재를 은그릇에 넣고 하루 종일 끓이기도 하세요?"

"거기 나오는 건 다 해요."

"와아, 무슨 명의 열전에 나오는 도사님 같아요."

"무슨 무슨 도사, 무슨 무슨 처사라고 하면 사이비 취급받으니까 그냥 한의사!"

"선생님, 망침(芒鍼)은 누구에게 배우셨어요?"

안미란의 호기심은 한자리에 머물지 않았다.

망침!

장침보다도 더 긴 스페셜의 스페셜 침이다. 기인 한의사 기도환과 양주동 이후로 다루는 사람이 거의 없었다. 윤도 역시 얼떨결에 산모에게 쓴 게 경험의 전부였다.

"딱히 배운 건……."

"그럼 산모에게는요?"

"그거야 응급상황이다 보니……."

"으음… 하기야 선생님 능력이라면 뭐든 못하겠어요? 아마 대나무만 한 침이라도 꽂으실 수 있을 걸요?"

"뭐, 환자가 걸리버 여행기에 나오는 거인국 사람이라면?"

"어휴, 저 겸손……."

안미란의 손은 바삐 움직였다. 윤도의 말이라면 뭐든지 받아 적고 있었다.

"그런데 그런 걸 뭐 하러 다 적어요?"

"그냥요. 저 침 좀 잘 놓고 싶은데 맨날 사고만 치고 있거든요."

"잘하고 싶은 마음이 있으니까 잘하게 될 거예요."

"저기… 선생님."

"네?"

"이따가 침놓을 때요."

"말씀하세요."

"저 동영상 좀 찍으면 안 될까요? 혼자 보면서 연습 좀 하게요."

"……."

"안 되죠?"

"저작권료, 초상권료 다 낼 능력 있어요?"

"……."

"찍으세요. 환자에게 방해만 되지 않도록."

윤도가 웃으며 말했다.

"염려 마세요. 몰카 찍듯이 조심스럽게 찍을게요. 다른 사람 절대 안 보여주고요."

안미란은 아이처럼 좋아했다.

류수완 환자.

해쓱한 표정이다.

한 기업을 호령하는 대표도 암 앞에서는 사기가 꺾였다. 침통을 꺼내며 그의 영상 기록을 떠올렸다. 폐 한쪽에는 흰 눈이 소복이 내려앉았다. 평소에는 병원조차 가지 않던 대표님. 남들 다 하는 종합검진 한번 받지 않고 사업에 골몰했다. 그 결과 사업은 궤도에 올랐다. 지지부진하던 매출 신장은 물론이오, 신약까지 개발하며 주가를 올린 것이다.

최근 들어 몇 번인가 몸살을 느꼈다. 끈적한 피로감도 꽤 오래갔다.

'갱년기인가?'

큰 맘 먹고 찾아간 병원에서 날벼락이 떨어졌다.

"폐암입니다."

암 판정이 나왔다.

폐암!

몇 가지로 나뉜다.

─선암.

─편평상피 세포암.

─소세포폐암.

선암은 비흡연자에게 많고 폐 주변부에 발생한다. 주로 여자들에게서 많이 보인다. 편평상피 세포암은 폐 중심부에 생기며 흡연 남성에게서 많이 나타난다. 소세포폐암은 조직의 형태가 다르고 악성도가 높은 암이다. 류수완의 경우가 여기에 해당했는데 좌엽과 우엽으로 나뉘는 부분에 들어앉아 수술도 쉽지 않은 형태였다. 사업을 살리는 동안 안타깝게도 폐가 죽어간 것이다.

발병 부위에 방사선치료를 받았지만 헛심만 뺀 꼴이 되었다. 추가로 시도된 약물치료도 환자와 잘 맞지 않았다. 그는 한방으로 방향을 틀었다. 어떻게 보면 틀린 결정은 아니었다. 그의 제약 회사가 한방약 쪽에 두각을 나타내는 까닭이었다.

침통 옆에 웅황 용액을 꺼내 놓았다. 산해경의 것으로 잡질을 제거하고 만든 영약이었다. 병원에서 쓰는 웅황과의 비교는 병실에 들어오기 전에 끝냈다.

현실의 웅황은 복용할 수도, 환부에 바를 수도 있었다. 중풍에는 법제된 콩 술에 섞어 마시고 복부의 덩어리 등에는 고약처럼 개어 환부에 붙이기도 한다.

산해경의 웅황과는 약성 자체가 달랐다. 산해경의 웅황은 몸의 사기를 물리치고 독을 씻어낸다. 하늘과 땅 차이가 나는 것이다.

그런데…….

웅황 정도는 아니지만 효과가 쏠쏠할 것으로 결과가 나왔다. 장침을 꺼내 웅황 용액 병에 끝을 적셨다. 침 하나는 쑥 용액에 넣었다. 가지런히 꽂힌 침들이 보기 좋았다.

"격통은 어떠세요?"

준비를 마친 윤도가 환자에게 물었다.

"괜찮아요. 오랜만에 아들이 가르쳐 준 핸드폰 게임도 한걸요."

환자가 웃었다. 한의사와 환자의 케미는 좋았다.

'채윤도……'

환자의 혈자리를 복기하며 스스로에게 최면을 걸었다.

'이제 시작이야.'

첫 출발은 양지와 중완혈이었다. 안미란의 고개가 갸웃 돌아갔다. 폐암에 웬 양지혈, 중완혈? 그런 눈빛이었다.

하지만 윤도가 읽어낸 맥이 그랬다. 인체의 질병이란 기(氣)가 병든 것이다. 기는 삼초에 있다. 양지와 중완은 삼초를 조절하기 위해 필요했다. 원기부터 북돋우려는 생각이었다.

양지에 들어가는 침은 웅황액을 묻혔다. 중완에 들어가는 침은 쑥 용액을 묻혔다. 온 정신을 혈자리에 집중했다. 웅황의 침은 식히고 데우는 역할을 알아서 했다. 쑥은 불(火) 기운이라 데우는 역할에 유용했다.

처음 두 번은 재확인이 필요했다. 흔적뿐인 혈자리기에 확신이 필요했다.

오감이 총동원되었다. 겨우 혈자리를 확보하고 두 침 작용을 비교했다. 웅황의 반응이 빨랐다. 느리지만 쑥도 반응이 먹혔다.

세 번째 침은 백회혈이었다. 양지와 중완을 취했으니 백회혈을 뺄 수 없었다. 이 세 혈은 소위 생명을 지배하는 혈로 불렀다. 하늘의 기운이 인간에게 들어가는 점이자 인간과 천지간이 소통하는 곳인 까닭이었다. 백회혈 침에는 아무것도 묻히지 않았다.

오직 장침만의 기세로 세 침의 차이를 파악했다. 어쩌면 흔적뿐인 혈자리. 현미경 단위일 것 같은 혈자리.

다행히 앞선 두 혈자리의 경험에 손가락이 적응되었다. 보통 사람의 10분 1밖에 안 되는 백회혈 자리를 한 방에 장악한 윤도였다. 침을 돌려 쑥과 웅황의 침 반응에 맞춰보았다. 몇 번 시도하자 그들의 작용과 파장이 맞았다.

끄덕!

감을 잡은 윤도가 고개를 움직였다. 그 손이 신장혈과 대장의 혈자리로 옮겨갔다. 동영상을 찍던 안미란에게 또 한 번의 의구심을 안겨주는 혈자리였다.

'후우!'

대장의 혈자리까지 잡고서야 안도의 숨을 쉬었다. 초긴장한 덕분에 가운은 땀으로 흠뻑 젖은 후였다.

"선생님."

자판 커피로 긴장을 풀 때 안미란이 말을 건네 왔다.

"역시 암은 부담스러운가 봐요? 선생님도 긴장을 하네요?"

"그럴 수밖에 없는 조건이었어요. 혈자리가 굉장히 작은 환자거든요."

"어머, 그럼 저번에 과장님이 한 말이……."

"나중에 한번 짚어보세요. 좋은 공부가 될 겁니다."

"그리고 죄송하지만 방금 혈자리들 말이에요."

안미란은 궁금한 게 많았다.

"폐암 환자인데 왜 그런 혈자리를 잡았는지 물으려고요?"

"네."

"삼초를 수습해 원기부터 넣느라고 양지혈과 중완혈에 침을 넣었습니다. 백회는 한 세트니까 덤으로 자침한 거고요."

"그럼 신장과 대장 쪽 혈은요?"

"환자의 폐암 원인이 신장 같아서요. 그 길목을 바르게 하려면 신장에서 대장, 대장에서 폐로 가는 기혈을 살려야 하잖아요. 사전 조치였습니다."

"신장 검사 결과 보셨어요? 아까 검사 내려서 결과는 아직 안 나왔을 텐데?"

"아직 못 봤습니다."

"그런데……."

"제 진맥으로는 그런 거 같아서요."

"잠깐만요."

안미란이 엘리베이터로 뛰었다. 뭘 하려는지 알 것 같았다. 윤도는 개의치 않았다. 검사를 부탁한 건 하나의 과정일 뿐이었다. 가끔은 확인도 필요한 법이니까. 대학병원의 좋은 장비는 쓰라고 있는 거니까.

"선생님!"

얼마 후에 안미란이 돌아왔다. 그녀는 거의 폭발 직전이었다.

"선생님 말이 맞대요. 검사 낸 거 응급으로 결과가 나왔는데 류수완 환자는 신장에서 체내 산도 평형을 유지하는 실질 세포 쪽에 미세 괴사 물질이 발견되었고 구대홍 환자 역시 폐에 작은 종양이 생겼대요. 선생님 말이 아니었으면 무시하고 넘어갔을 사이즈지만 비정상 세포인 건 확실하다고 그래요!"

안미란의 말은 거의 비명에 가까웠다.

"드세요."

윤도가 그녀에게 커피를 건네주었다.

"선생님!"

"이제부터 적의 본진에 한 방 먹어야 하거든요. 그러니 그렇게 흥분해서는 곤란하죠."

윤도가 돌아섰다.

"와아, 이건 정말……."

안미란은 채 수습되지 않은 정신 줄을 안고 윤도 뒤를 따랐다. 윤도의 걸음은 흐트러지지 않았다. 내심 기분이 좋았다. 폐와 신장의 연결은 '내경'에도 나온다. 폐에 큰 문제가 있다면 비장이나 신장에도 이상이 나오는 게 맞았다. 그 이상(異常)은 꼭 검사 수치나 영상으로 나오지 않는다. 그런 측면에서는 한의학의 가치가 높았다. 기는 현대 의학으로 체크하기 어려운 대상이므로.

'헙!'

윤도에 앞서 환자의 혈자리를 짚어본 안미란. 머리가 아찔해지는 걸 느꼈다. 윤도 말이 맞았다. 환자의 혈자리가 만져지지 않았다. 취혈이 쉬운 포인트로 옮겨도 마찬가지였다. 어쩐지 조과장과 내과과장도 진맥 시간이 오래 걸렸다. 그들은 한참이나 고개를 갸웃거렸었다.

안미란의 재주로는 가능할 수 없는 혈자리. 그런데 그런 혈자리에 윤도는 시침을 하고 있었다. 아뜩해진 안미란이 자리를 비켜주었다.

윤도가 시침에 들어갔다. 이번에도 초긴장의 표정이었다. 단한 치의 방심도 허용되지 않는 혈자리이기 때문이었다.

본진에 대한 폭격은 손목 위의 태연혈에서 서막을 열었다. 태연혈은 폐의 원혈. 당연히 짚을 수밖에 없는 혈이었다. 그 다음이 수삼리였다. 종기의 명혈을 어찌 건너뛸 것인가?

뒤를 이어 공최혈, 족삼리, 삼음경맥과 폐수혈, 신수혈까지 장침을 넣었다. 침에는 영약을 묻히지 않았다. 혈자리의 반응을 읽었으니 장침만으로 넘보는 승부였다.

동영상을 찍는 안미란의 손이 파르르 떨었다. 그녀 자신은 감도 느끼지 못한 혈자리. 더구나 목 밑의 쇄골 부근 등은 원래도 자침이 어려운 곳이다. 자칫 침을 잘못 넣으면 폐를 찌를 위험이 있다. 그럼에도 윤도의 손은 거침이 없었다.

그러다…….

"……!"

폐수혈에 넣을 때는 침 끝이 살짝 튕겼다.

'헛방인가?'

등골이 섬뜩해지는 윤도였다. 혈자리를 다시 확인했다. 헛발

질이 아니라 혈자리의 반발이었다. 폐암이 성깔을 부리는 것이다.

잠시 이마의 땀을 닦았다. 마음을 추스른 윤도, 오감을 총동원해 포인트를 맞췄다. 왼손가락으로 주변 긴장을 달래며 침 끝을 밀었다. 비로소 혈자리의 반발이 죽었다.

'오케이.'

오늘의 백미는 고황수혈 자리였다. 환자의 고황수혈 자리는 최악이었다. 그 또한 티끌 크기인 데다 같은 체형의 사람들보다 폐 쪽에 가까웠던 것. 장침이 빗나가면 폐를 상할 수 있었다.

"좀 뻐근할 겁니다."

그 말과 함께 장침을 넣었다. 모든 신경을 침 끝에 실었다. 100분 1㎜를 더해도 안 되고 덜해도 안 되는 혈자리였다. 미세하게, 미세하게…….

철컥!

마침내 침 끝이 혈자리에 물렸다.

'후아!'

안도의 숨이 나왔지만 쉬지 못했다. 호흡을 하면 손가락이 움직여 침 끝이 흔들릴 수 있었다. 그 상태로 침 끝을 돌려 전체 혈자리와의 기혈 조화를 맞췄다. 고황수혈은 결국 닫힌 문을 열어주었다.

'휴우!'

첫 시침이 끝났다.

오늘 윤도는 너무 많은 침을 찔렀다. 너무 많은 심혈을 기울였다. 혈자리의 계산으로는 다섯 방 정도면 가능했다. 하지만 의도적인 융단폭격이었다. 폐암 걸린 환자였다. 현대 의학의 항암 치료가 맞지 않으면서 몸까지 상했다. 아무리 한약에 조예가 있다 해도 침 몇 방으로 성이 차지 않을 일이었다.

환자가 침을 의심하면 좋을 리 없다. 그렇기에 시위하듯 빼곡하게 장침을 넣었다. 환자의 신뢰를 사는 것, 그 또한 치료법의 하나라고 믿었다.

침은 보(補)법으로 뽑았다. 폐암은 나쁜 것이니 원래는 사(瀉)법을 쓰는 게 좋은 상황. 하지만 이 또한 생각이 있었다.

"수고하셨어요."

환자가 위로를 주었다.

"아닙니다. 잘 참아주셔서 고맙습니다."

"침을 이렇게 무아지경으로 놓는 사람은 처음입니다. 과장님 말씀에 침술 천재라더니 다르시군요."

"예……."

"장침도 역시 맞기 시작하면 침대에서 안정하는 게 좋겠죠?"

마지막 침을 뽑을 때 류수완이 물었다.

"산책은 좀 하세요."

"산책을요? 선생님들이 절대 안정 하라고 했는데……."

환자가 안미란을 바라보았다. 안미란도 그중 한 명이었던 모양이었다.

"제 장침 치료는 산책이 필요합니다. 다만 무리하지는 마시고요."

"네……."

"처음 이틀은 더 힘들 수 있습니다. 치료 과정이니 이틀만 참아주세요. 너무 힘들면 언제든 얘기하세요."

주의 사항을 알려주고 복도로 나왔다.

"선생님."

안미란이 앞을 막았다.

"왜요?"

"환자 말이에요. 말기 암인데 절대 안정은 꼭 필요한 거 아닌 가요? 양방이든 한방이든……."

"필요하죠."

"그런데 왜 산책을?"

"마음은 절대 안정, 하지만 폐는 안정만 하면 안 돼요. 적당 히 움직여야 활성이 생기거든요."

"선생님."

"제 장침은 그렇습니다."

"왜 그런지……."

"세상의 동물 중에 가만히 있을 수 있는 건 없잖습니까? 특 히 폐는 오래 움직이지 않으면 상하게 마련입니다. 옛날 명의 들도 폐병이라고 누워만 있으면 폐를 더 해친다고 했잖습니까? 가만히 누워 있으면 기가 죽고 식욕까지 망쳐 버리니까요. 오 로소상(五勞所傷), 아시죠?"

"아, 오로소상!"

오로소상은 기(氣), 혈(血), 근(筋), 골(骨), 육(肉)이 손상된 5가지 증세를 말한다.

안미란이 고개를 끄덕이는 동안 윤도는 저만치 멀어졌다. 인턴 때는 이런 경우가 많았다. 머리에는 있지만 꼭 필요할 때 생각나지 않는…….

"선생님, 같이 가요."

안미란은 허겁지겁 윤도 뒤를 따랐다.

'골암이라…….'

윤도가 두 번째 환자를 맞았다.

환자 구대홍이 숨을 죽였다.

보조하는 안미란도 숨을 죽였다.

시침하는 윤도 역시 숨을 죽였다.

일단 무릎 바깥쪽에 자리한 독비(犢鼻)혈 내외측에서 죽은 피를 빼냈다. 무릎 양쪽으로 움푹 들어간 부분인데 마치 송아지(犢) 코(鼻)처럼 생겼다고 해서 붙여진 이름이다. 피는 좌우 대칭으로 뽑았다. 한방의 원리가 균형을 고려하는 까닭이었다. 음곡, 곡천혈 등에서도 그랬다. 이는 무릎관절이나 통증 치료의 기본이었다.

'복토혈.'

윤도의 뇌리는 복토혈에 꽂혔다. 연관 혈자리를 차례로 짚은 후에 나온 결론이었다. 복토혈은 무릎 치료의 주요 혈자리다. 거기서 각 경혈 문의 반응을 보며 가닥을 잡을 계획이었다.

윤도가 쑥과 웅황 용액을 함께 꺼내 놓았다. 그런 다음 세 개의 장침을 뽑아 들었다. 세 장침에는 각기 다른 생각이 숨어 있었다.

첫 침은 그저 장침이었다. 슬개골 외상연에서 위로 6치, 양구혈에서 4치 위. 보통 복토혈을 찾는 방법이다. 윤도의 침은 아래로 1치 가까이 내려왔다. 1치는 엄지 굵기 정도. 동영상을 촬영하는 안미란은 그 혈자리에서 눈을 떼지 못했다.

윤도는 침을 돌리고 멈춤을 반복하며 신중하게 혈자리의 반응을 읽었다. 어떤 문이 열리는지, 어떤 문이 닫히는지.

그런 다음에 두 번째 장침을 넣었다. 쑥 용액을 묻힌 침이었다. 그 또한 체크법은 같았다. 마지막으로 웅황을 묻힌 침이 들어갔다.

'흐음.'

문들의 반응은 확실히 빨랐다. 가속기를 붙인 것 같았다. 웅황의 침을 빼고 미리 꽂아둔 장침을 잡았다. 아무것도 묻히지 않은 침이었다. 돌리고 누르며 문들의 반응을 주목했다. 웅황의 그것과 맞추려는 것이다. 몇 개는 되고 몇 개는 되지 않았다. 조금 더 시도하자 웅황의 침과 비슷한 반응점을 찾았다.

'빙고.'

윤도가 내심 쾌재를 불렀다. 조금 느리지만 영약의 효과를 낼 수 있는 접점을 알아낸 것이다. 그래서 한 혈자리에 세 개의 침을 꽂은 윤도였다. 그럼에도 침 끝은 서로 닿지 않았다. 윤도의 손가락이기에 가능한 일이었다.

웅황의 기세와 쑥의 기세는 폐암에서와는 다르게 나타났다. 같은 약이라도 질환이나 사람에 따라 다르다는 걸 알았다. 그나마 다행인 건 혈자리였다. 티끌만 한 혈자리를 찌르다 구대홍을 만나니 야구 타자가 수박을 치는 기분이었다. 그렇다고 절대 소홀하지는 않았다.

환자에게 알맞은 감을 찾은 윤도의 손이 본격 공세에 돌입했다. 골종양의 기본혈인 천추, 경문, 관언수혈 등에 장침을 넣었다. 무릎에 신통방통 먹힌다는 내슬안, 외슬안, 양구, 독비, 위중, 위양, 족삼리에도 침이 들어갔다. ㄱ 자로 굽은 환자의 무릎에도 침 꽃이 피었다.

보기가 좋았다. 마치 적군의 성을 포위한 신(神)의 군단처럼 보였다. 포위하고 서서히 목을 조여가는 것이다. 마지막은 손목의 태연혈이었다. 폐에다 기습 멀티를 시도하는 암에 대한 조치였다.

"기분 어때요?"

시침을 마친 윤도가 구대홍에게 물었다. 구대홍의 몸에도 장침의 융단폭격이 빼곡 위용을 뽐었다.

"시원한데요?"

"그렇죠?"

"네."

"오케이, 잘될 겁니다."

윤도가 웃었다.

타이머는 30분에 맞춰놓았다. 막간에 잠시 상담실 의자에

앉았던 윤도. 긴장이 풀리며 까무룩 늘어졌다. 잠시 후에 그 문이 열렸다. 들어선 사람은 조 과장과 안미란이었다.

"깨울까요?"

안미란이 물었다.

"아니, 그냥 둬."

"네……."

"어땠나?"

"침놓는 모습이 너무 편해 보였어요. 다만 폐암 환자에게 시침할 때는 땀을 굉장히……."

"편안하다… 과연 인물이군."

"네?"

"원래 실력 없는 친구들이 표시를 내게 마련이지. 깊은 물은 소리 없이 흐른다고 명의는 누굴 시침하든 티 나지 않는 거야."

"네……."

"안 선생, 폐암 환자 혈자리 짚어봤나?"

"네. 채 선생님이 짚어보라고 하셔서……."

"어떻던가?"

"죄송하지만 저는 거의 찾지 못했습니다."

"그렇겠지. 그 환자는 혈자리가 굉장히 작거든. 나도 애를 먹었지."

"채 선생님도 그 말을 했어요."

"그래서 이 친구가 더 대단하다는 거야. 여기서 일할 것도 아니고 쉬운 길을 가도 되는데 군이 폐암 환자까지 택했어. 혈자리가 어렵다는 걸 모르는 것도 아니면서 말이야."

"……."

"뭐 느끼는 거 없나?"

"나이는 비슷하지만 제게는 너무 하늘 같은 분이라……."

"하늘은 몰라도 태산 정도는 되지. 적어도 진맥과 침술은."

"……."

"레지던트 몇이 이 친구 갈궜었지?"

"……."

"나도 눈치 있는 사람이야. 그런데 내가 왜 그냥 두고 보는지 알고 있나?"

"모르겠습니다."

"어차피 그래봤자 이 친구에게는 안 돼. 말하자면 차원이 다른 의재(醫才)거든. 설익었다면 실력을 믿고 설치기도 하겠지만 그렇지도 않은 친구니까."

"네……."

"안 선생은 행운인 줄 알아. 이 친구 도와주는 동안 폐암 환자의 혈자리만 읽어내도 실력이 두세 단계 업그레이드될 거야."

과장은 그 말을 끝으로 휴게실을 나갔다.

안미란은 다른 상담실로 옮겨와 동영상을 열었다. 진맥부터 시침까지의 장면이 돌아갔다. 그러고 보니 윤도의 자세는 환자와 침을 더해 일체감 그 자체였다.

'일침동체(一鍼同體)…….'

어느 혈자리를 찔러도 마찬가지였다.

'부럽다. 나는 언제…….'

바라바밤.

턱을 괴고 한숨을 쉴 때 핸드폰이 울렸다. 윤도였다.

"실은 선생님 잘 때 조 과장님 다녀가셨어요."

안미란이 윤도를 따라 걸으며 말했다.

"그래요?"

윤도가 돌아보았다.

"걱정 마세요. 뭐라고 하신 건 아니니까요."

"그래도 근무시간에 졸아서……."

"하긴 옵션을 걸기는 하셨어요."

안미란이 생글거리며 복선을 깔았다.

"어떤 옵션요?"

"안미란에게 폐암 환자 혈자리 잡는 비방 좀 알게 해줘라. 그 럼 못 본 걸로 한다."

"푸훗!"

안미란의 애교 작렬에 윤도 웃음보가 터졌다.

"안 될까요?"

"가서 한 번 더 해볼까요?"

"정말요?"

"대신 나도 옵션이 있습니다."

"어떤?"

되묻는 안미란의 얼굴에는 긴장이 가득했다.

"……"

"……"

"……"

병실에는 세 사람의 침묵이 내려앉았다. 침을 맞으려는 류
수완과 안미란, 그리고 윤도였다. 안미란은 혈자리를 찾고 있었
다. 불면증을 위한 혈자리였다. 힌트는 윤도에게서 받았다. 하
지만 그게 쉽지 않았다. 안미란은 환자의 손목과 어깨를 낱낱
이 훑어 내렸다. 그러다 겨우 혈자리 비슷한 걸 찾아냈다. 윤도
가 고개를 끄덕거렸다.

윤도가 자리를 이어받았다. 장침이 환자 어깨의 천종혈과
손목의 신문혈로 들어갔다. 한의학에서 불매(不寐), 혹은 목불
명(目不瞑) 등으로 불리는 불면증의 혈자리들이었다.

사실 안미란이 찾은 혈자리는 틀렸다. 환자의 혈자리는 그보
다 반 치씩 밀려나 있었다. 윤도는 침으로 그 차이를 수정했다.
안미란에게 자신감을 주려는 배려였다.

"제가 찾은 혈자리가 정말 맞았어요?"

복도로 나온 안미란이 들뜬 목소리를 냈다.

"네, 딱이던데요?"

"와아……"

"내일은 다른 혈자리를 찾아보세요. 태연혈과 폐수혈……"

"제가 잘할 수 있을까요?"

"당연하죠. 어려운 신문혈과 천종혈도 찾았는데."

윤도는 안미란의 기를 살려주었다.

첫날 장침은 그렇게 끝났다.

둘째 날도 그랬다.

셋째 날도 그랬다.

일요일 하루를 쉬고 다섯째 날이 되었다. 이날 시침부터 폐암 환자에게 변화가 보이기 시작했다. 불면증이 사라진 후로 숨쉬기가 편해졌다고 했다. 맥도 조금씩 활력을 찾아갔다.

"좋은데?"

조 과장도 맥으로 확인을 해주었다. 혈자리도 조금 변했다. 계속 침을 맞은 덕분인지 처음보다 탱글해져 있었다. 침을 놓기가 수월해졌다.

"……!"

윤도의 눈짓으로 혈자리를 짚은 안미란도 놀랐다. 그녀는 처음으로 혈자리를 제대로 찾아냈다.

"선생님."

복도로 나오자 안미란이 진실을 재촉했다. 오늘 찾은 혈자리와 저번의 감은 확연히 달랐다.

"선생님께 자신감을 주려고요. 그날 실패했으면 기가 죽어서 오늘도 실패했을 겁니다."

"……!"

안미란은 심장이 멈출 것만 같았다. 이 남자는 도무지 측정 불가에 속했다. 으스대지 않고 자신의 스킬을 나눠주는 마음씨… 침술보다 그 인술에 뻑 가는 안미란이었다.

하지만!

모든 게 좋은 건 아니었다.

구대홍은 반대였다. 어제부터 차츰 기세가 나빠졌다. 무릎 암 부위의 연골도 조금씩 더 뜨거워졌다. 뒤따라온 안미란은 얼굴이 굳었지만 윤도는 흔들림이 없었다.

1주일 차 되는 날, 윤도는 일찍 잠에서 깨었다. 장침 먼저 챙겼다. 영약은 책상 위에 두었다. 주머니에 넣으면 갈등이 생긴다. 인간이기에 유혹을 받는 것이다.

여기서 영약을 쓰면 치료 효과가 어디서 온 건지 확인하기 어려웠다. 윤도가 해낸 것만은 분명하지만 선을 그어둘 필요가 있었다.

일침즉쾌.

암 환자를 치료하면서 윤도는 그 단어를 내려놓았다. 일침즉 쾌의 뜻을 다르게 해석했다. 질환에 따라서는 장침 한 방으로 해결이 가능했다. 하지만 모든 질병이 그렇지는 않았다. 예컨대 지금 같은 암이라면 약간의 시간이 걸려도 될 일이었다. 일주일 만에 좋아졌다고, 한 달 만에 낳았다고 해서 일침즉쾌를 의심할 사람은 없었다.

이른 아침, 구대홍의 병실은 약간 웅성거리고 있었다. 간호사와 안미란이었다. 구대홍의 열이 높아진 까닭이었다.

"선생님."

윤도를 본 안미란이 고개를 돌렸다.

"자정 무렵에 열 올랐죠?"

윤도가 물었다.

"어떻게 아세요?"

"제가 좀 볼게요."

윤도가 구대홍에게 다가섰다. 간호사와 안미란은 저절로 물러섰다. 진맥부터 짚었다. 맥은 환부를 볼 수 있는 창문. 그를 통해 보니 맥들이 환부 부근에서 벌떡거렸다.

상황 악화.

틀림없이 그랬다.

하지만,

'빙고!'

윤도는 쾌재를 부르며 주먹을 쥐었다. 한의사로서 상황 악화가 좋을 리 없었다. 그러나 이건 윤도가 의도하던 결과였다. 바로 만성 질환의 급성 질환으로의 변화였다. 침으로 질환을 몰아붙여 병세를 바꾸어놓은 것이다. 급성은 만성보다 치료가 쉽기 때문이었다.

"잘됐어요."

윤도가 말했다.

"선생님."

안미란은 이해할 수 없었다. 계속 좋지 않은 상황이었던 골종양 환자. 이제는 열까지 끓어오르는데 잘되었다니…….

'이제부터 본 게임이다.'

안미란과 달리 윤도는 훌쩍 달아올라 있었다. 서둘러 침통을 꺼냈다. 종기의 명혈로 불리는 수삼리혈에서 공세를 시작했다. 복토혈에도 침을 넣었다. 그런 다음 환부 부위를 세부적으로 공략하기 시작했다. 무릎을 중심으로 무려 10개 이상의 장침이 대리석처럼 웅장하게 자리를 잡았다.

"선생님……."

구대홍의 몸에서 땀이 쏟아지기 시작했다.

"조금만 참아요. 열 내리는 건 어렵지 않으니까요."

윤도는 마지막 장침을 잡고 전체 혈자리를 조율했다.

닫혀라.

열려라.

기원을 보냈다. 병이 들어온 문은 막고 나갈 문을 여는 것이다. 맥과 혈의 문이 반응하는 게 보였다. 급성 상태가 되었기에 빨랐다. 문과 문을 두고 윤도와 골종양의 힘겨루기가 시작되었다. 골종양은 버티고 윤도는 몰아붙였다. 나가는 문으로 밀고, 그 문을 닫은 후에, 또 다음 문을 열었다. 그렇게 한 시간이 지났다. 윤도는 결국 골종양의 사기(邪氣)를 꼬리까지 밀어내는데 성공했다.

'하느님…….'

자신도 모르게 그 말이 나왔다. 일주일… 무려 일주일의 사투였다. 물론 내일 당장 환자가 펄펄 뛸 수 있는 건 아니었다. 하지만 한 가지는 확실했다. 내일부터 현저한 차도를 보일 거라는 것. 그렇게 되면 폐에 멀티를 시도한 암은 문제도 아니었다. 본진이 무너지는 것이니 장침 한두 방이면 아작 날 일이었다.

"구대홍 씨."

윤도가 땀에 젖은 얼굴을 들었다.

"선생님……."

"소방관 체력 검사 얼마나 남았죠?"

"8일요."

"이거 챙겨요."

윤도가 뭔가를 내밀었다. 구대홍이 찢어버렸던 수험표였다.

"선생님……."

"8일로는 짧을지도 몰라요. 하지만 걸어갈 수는 있을 겁니다."

"방금… 뭐라고 하셨어요?"

"체력 시험장에 걸어서 갈 수 있게 해드릴 거라고요."

"선생님……."

"팔 힘 세다고 했죠? 발로 하는 건 힘들겠지만 몇 가지는 할 수 있을 겁니다. 내년을 위해서 한번 해보는 것도 나쁘지 않을 겁니다."

"저 무릎 절단 안 해도 되는 거예요?"

"시험 전에 걸을 수 있게 해드린 다니까요. 휠체어 없이."

"선생님!"

"열 어때요? 조금 내렸죠?"

"그러고 보니……."

"그게 증거입니다. 오늘 푹 자고 나면 다리가 시원해질 거예요."

"선생님……."

"수험표는 직접 붙이세요. 찢은 사람이 책임지는 거 맞죠?"

"선생님."

구대홍의 눈에서 눈물이 쏟아졌다. 어쩌면 허튼 위로일지도 모른다. 하지만 구대홍은 괜찮았다. 며칠간의 집중 치료 동안 그는 윤도의 진심을 느꼈다. 그렇기에 치료가 되지 않아도 원망할 생각은 없었다. 그렇기에 이 위로가 단 하루의 착각이라도, 아니 단지 지금 이 순간만의 착각이라도 좋았다.

하지만 윤도는 허튼말이 아니었다. 아직 산해경 영약을 전격 동원하지 않은 까닭이었다. 여차하면 그것까지 투입할 요량이었기에 약속을 던진 윤도였다.

기혈 상승.

환자의 긍정적 마인드와 희망 또한 기혈 상승에 큰 몫을 하기에.

8. 높아지는 위상

그다음 날 아침, 새벽처럼 안미란의 전화가 걸려왔다.

─선생님, 안미란이에요.

"어, 어제 나이트 한가했어요?"

─지금 나이트가 문제예요?

"뭐 잘못됐어요?"

윤도가 상체를 일으키며 물었다.

─잘못이 아니고요… 다리 말이에요. 구대홍 환자의 다리.

"……?"

─비명을 지르길래 송 선생님이랑 달려갔는데 굉장히 좋아졌어요. 붓기도 쫙 빠지고 움직여도 많이 아프지 않대요.

"……."

—선생님은 비명 안 질러요? 저는 그거 보고 환자보다 더 큰 소리를 질렀는데…….

"그럼 됐네요. 다 같이 소리 지르면 우리 단체로 정신병동에 수용될지 모르잖아요."

—선생님, 정말…….

"폐암 환자랑 같이 확인 검사 좀 해줘요. 그분도 많이 좋아 졌을 거예요."

—당연하죠. 안 그래도 송 선생님이 오더 내줬어요.

"울음은 뚝!"

—선생님이 최고예요. 진짜…….

울먹임과 함께 전화가 끊겼다.

'최고?'

윤도 입 안에서 그 단어가 맴돌았다. 그러다 볼을 꼬집어보 았다. 아팠다. 실감이 안 나서 한 번 더 꼬집었다. 죽도록 아팠 다. 그제야 윤도, 이불을 걷어차고 속옷 바람으로 펄쩍펄쩍 뛰 었다.

"와우, 와아아우!"

허튼 늑대 소리를 내며 폴짝거릴 때 어머니가 문을 열었다.

"채 의원!"

"어머니!"

"어디 아픈 거 아니지?"

"절대요."

"뭔지 엄마가 알면 안 돼?"

"병원에서 암 환자 둘을 시범 치료 하고 있는데 차도가 생겼대요. 화끈하게 말이에요."

"응?"

"제가 장침으로 치료하는 암 환자들이 좋아지고 있다고요."

"채 의원 지금 암 환자라고 그랬어?"

"네, 암."

"세상에, 침으로 암까지?"

"옛날의 레전드 명의들은 다 하던 거예요. 그보다 더한 병도 고쳤거든요."

"세상에… 채 의원 침이 예사롭지 않은 건 알 것 같지만 암까지……."

"이게 다 어머니 덕분이에요."

"내가 뭘?"

"그냥 그렇다고요."

윤도의 목소리는 여전히 가라앉지 않았다.

"하지만 옷은 좀 입어야겠어. 누가 보면 채 의원 체면이……."

그제야 팬티 바람이라는 걸 깨달은 윤도. 본능적으로 손 방패를 이용해 사타구니를 가렸다.

"채 의원 좋아하는 고등어 구워 줄게. 씻고 나와."

어머니는 소담한 웃음을 남기고 나갔다. 아무리 생각해도 좋아죽겠는 윤도, 기어이 펄쩍거리며 또 한 번 소리를 지르고 말았다.

"아자, 아자자!"

"······!"

화면으로 검사 결과를 받아 든 조 과장이 꿈틀 흔들렸다. 앞에는 윤도와 마혁, 송재균, 안미란 등이 있었다.

"어때요?"

안미란이 참지 못하고 물었다.

"이거······."

조 과장은 차마 말을 잇지 못했다.

"차도가 없습니까?"

송재균도 조바심이 일었다.

"아니······."

조 과장은 두 영상물을 번갈아 본 후에야 뒷말을 이어놓았다.

"차도 정도 아니라 현저하네. 폐암 병소는 3분의 1로 줄어들었고, 골종양 역시 환부 깊은 곳을 시작으로 절반 이상 사라졌어."

"예?"

안미란의 몸이 용수철처럼 튀었다. 송재균의 동공 역시 터질 듯 확장되었다.

"선생님!"

윤도를 바라보는 안미란의 목소리는 차라리 실신 직전이었다.

"채 선생."

조 과장이 윤도 앞으로 다가왔다.

"수고했네, 정말 수고했어."

조 과장이 윤도의 양어깨를 잡고 흔들었다. 뜨끈한 신뢰의 몸짓이었다.

"고맙습니다. 믿고 맡겨주신 덕분입니다."

"여기들 잠깐 있게. 나 부원장님 좀 모셔올 테니까."

"제가 모셔올게요."

안미란이 과장에 앞서 복도를 뛰었다.

"······!"

VIP 특진 중에 달려온 부원장 또한 영상물을 보고는 말문이 막혔다. 종국에는 영상의학전문의가 호출되었다. 그가 처음 진단 영상과 현재 영상을 비교하며 설명을 했다.

폐암 판독 설명이 먼저 나왔다. 이어 골종양 판독 소견이 나왔다.

"애당초 정강이뼈와 종아리뼈까지 내려갔던 암 조직이 상당 부분 사라지고 지금은 무릎뼈를 중심으로 부분적으로 남았습니다. 넓적다리 뼈에도 약간의 전이 소견이 보였었는데 보시다시피 흔적에 불과합니다."

"······!"

일동은 숨을 죽이며 경청했다.

"그리고 채 선생님 의견으로 발견된 폐와 신장의 작은 흔적들도 거의 사라졌습니다. 조금 더 지켜봐야 하겠지만 기적입니다. 미라클!"

영상전문의는 기적을 강조했다. 결론은 '명쾌한' 호전이었다.

"채 선생."

부원장의 목소리는 그새 잠겨 있었다. 그 역시 조 과장과 비슷한 장면을 연출했다. 두 팔로 윤도 어깨를 잡더니 가벼이 당겨 안아버린 것이다.

"가세. 환자들에게 기쁜 소식을 전해야지."

조 과장이 윤도를 앞세웠다.

"이쪽입니다."

이번에도 안미란이 앞장을 섰다.

"암 병소가 확 줄어들었다고요?"

폐암 환자 류수완은 까무러치기 직전이었다. PDA로 영상물을 보여주자 아이처럼 환호를 질렀다.

"고맙습니다, 고맙습니다, 선생님!"

보호자들까지 합세해 조 과장에게 인사를 했다.

"제가 아니라 이쪽 채 선생입니다."

조 과장이 윤도를 내세웠다.

"선생님."

류수완이 윤도 손을 잡았다.

"고생 많았습니다. 하지만 아직 끝은 아닙니다. 잔당을 박멸해야죠."

윤도가 웃었다.

"내가 이럴 줄 알았습니다. 선생님 장침이 딱 들어올 때 폐의 병세가 확 쪼는 걸 느꼈거든요. 이 몹쓸 놈의 폐암이 임자 제대로 만났다 아닙니까?"

"믿어주신 덕분입니다."

"아, 이 사람 뭐해? 내 은인이셔. 그동안 장침 놓으시느라 얼마나 애쓰신지 알아? 오실 때마다 땀으로 가운 다 적시고 나가신 분이야. 동혁아, 은지야. 너희도 인사해라. 아빠 은인이시다."

가족들을 재촉하는 류수혁의 눈은 뜨겁기 그지없었다.

"고맙습니다. 선생님!"

몇 번의 인사를 받는 동안 윤도 눈도 따라 젖었다.

"기분 좋다고 너무 무리 마시고⋯⋯. 적당한 산책 잊지 마세요."

"걱정 마세요. 선생님이 시키는 일이라면 뭐든지 할 겁니다. 암요."

환자의 전폭적 신뢰를 들으며 윤도는 병실을 나왔다.

구대홍 쪽은 처음부터 윤도가 앞섰다. 조 과장이 뒤로 빠진 것이다. 낭보를 들은 장작구이 통닭 트럭 아버지가 그 자리에서 넘어갔다. 윤도가 급히 백회혈을 잡아 정신 줄을 세웠다.

"선생님⋯⋯."

구대홍은 울지 않았다. 대신 표정이 불덩이처럼 밝아졌다.

"고맙습니다. 저 꼭 소방관 될게요."

"그래야죠."

"오늘은 침 안 맞아요?"

"왜요, 당연히 맞아야죠."

"놔주세요. 저 이번 체력 검사 갈 거예요. 그때까지 최소한 걸을 수는 있게 해주신다고 그랬죠?"

"그럼요."

윤도가 장침을 잡자 따라왔던 수련의들이 박수를 보내왔다. 물론 안미란이 시작이었다. 박수는 마혁에게서 송재균까지 옮겨갔다. 안미란이 송재균을 바라보았다. 송재균의 입가에도 '인정'이 주렁주렁 열렸다. 하긴, 누구라도 승복하지 않은 수 없는 침술이었다.

뒷줄의 조 과장과 부원장, 간호사들도 박수를 아끼지 않았다. 박수와 함께 장침이 환부로 들어갔다. 혈자리들은 이제 익숙하게 윤도의 침을 받았다.

"어떠신가?"

부원장이 조 과장에게 속삭였다.

"신기(神奇)죠."

"신기……"

"저도 옷 벗고 채 선생 밑으로 침술 배우러 가야 할 판입니다. 이건 한 수 앞이 아니라 열 수 앞을 내다보는 침술과 진맥을 펼치고 있으니… 인간의 오장육부를 들여다보며 치료하던 중국 명의 순우의의 절맥(切脈) 비기라도 빙의된 것 같습니다."

순우의의 절맥.

이는 사람의 몸을 들여다보는 진단을 말한다.

"순우의보다 젊으니 더 좋은 거 아닌가?"

"그렇군요."

"우리 한의학에 내린 벼락같은 축복이야. 보물이라고."

"원장님. 저 좀……."

조 과장이 부원장 가운 깃을 당겼다. 둘은 창가에서 뭔가를 숙의했다.

"어떻습니까?"

"으음… 될까?"

"그러니까 원장님 결단이……."

"알겠네."

부원장의 표정에는 비장미까지 감돌았다.

오후 시간, 세미나실이 가동되었다. 윤도의 침술 요법에 대한 안미란의 간이 보고였다. 그녀의 PPT 연출은 기가 막혔다. 침술 10여 일간의 여정을 데이터화시킨 것이다. 보아하니 밤잠 잘 시간을 줄여 투자했을 게 분명했다.

환자들이 호전되는 과정이 그래픽으로 나왔다.

폐암은 4일차까지 완만한 상태를 그리다 5일, 6일, 7일에 가속이 붙었다. 골종양은 반대였다. 5일차까지 완만한 악화를 보이다 주식의 상한가처럼 가파른 호전을 보인 것이다. 불덩이 몸의 몸살 환자가 그다음 날 가뜬하게 회복되는 듯한 기적이었다.

맥과 혈자리 발표는 윤도가 직접 맡았다.

"한의학의 기본 원칙에 따라……."

근본부터 고려하고 시침한 침술 전략을 밝혔다. 흔적뿐인 폐암 환자의 혈자리 취혈법도 함께 부연을 했다. 안미란의 체험 기가 설명을 도왔다.

짝짝짝!

박수가 나왔다. 박수는 오래오래 세미나실에 울려 퍼졌다.

윤도는 그길로 납치(?)를 당했다. 부인과 레지던트의 요청이었다. 마혁이 중재하자 송재균도 함께 부탁을 해왔다. 윤도가 수락을 했다.

침구실에 임산부가 있었다. 출산이 임박한 임산부였다.

"완전 둔위입니다."

레지던트가 말했다. 옆에는 송재균도 함께 있었다.

둔위!

아이가 거꾸로 들어섰다는 말이었다. 이미 37주를 지나 자칫 제왕절개를 해야 하는 상황. 임산부들에게 잘 알려진 고양이 자세를 취하고 조산사의 외회전술까지 받으며 태아 머리를 아래로 돌리려 했지만 쉽지 않았다. 결국 임산부의 어머니가 마지막 수단으로 침술에 기대보고자 딸을 데려왔다.

부인과에서는 주로 뜸을 떴다. 발바닥에 사람 인(人)자가 새겨지는 용천혈이었다. 용천혈은 족소음신경의 출발점인 혈자리였다. 여기에 꾸준히 뜸을 뜨면 태아의 위치를 바로잡을 수 있었다. 이 혈자리는 고혈압의 혈압 조절에도 한몫을 하는 곳이었다.

하지만 태아가 요지부동이었다. 뜸을 뜰 때는 은근한 반응을 보이다가 다시 주저앉는 것. 그대로 자리를 잡으면 좋지 않을 터였다.

송재균도 참석을 했다. 부인과 레지던트는 송재균과 친했다. 덕분에 송재균의 뜸이 시도된 적이 있었다. 효과는 별로 없었다.

윤도가 진맥을 잡았다.

"……!"

심장이 철렁 내려앉았다. 이경맥(異經脈) 기운이 있었다.

'이경맥……'

이 맥이 나타나면 죽는다. 윤도가 다시 집중했다. 그리고는 안도의 숨을 쉬었다. 그것은 출산맥이었다. 보통 사람에게 이경맥이 나타나면 죽지만 출산을 앞둔 임산부에게 나타나면 머잖아 출산을 할 거라는 신호였다. 그렇다면 더욱 서둘러야 했다.

"당장 시침해야겠네요. 이경맥이 보입니다."

윤도가 침통을 잡았다.

"이경맥이라고요?"

레지던트가 물었다.

"한번 짚어보시죠."

윤도가 자리를 비켜주었다. 레지던트의 진맥은 오래 걸렸다. 그러다 겨우 감을 잡고 촉각을 곤두세웠다. 송재균과 마혁도 차례로 맥을 확인했다.

"어쩌면 마지막 기회가 될 수도 있겠는데요?"

레지던트는 더욱 비장해졌다.

"힘드시죠?"

윤도가 산모의 긴장을 풀어주었다.

"네… 좀… 겁도 나고요."

"가장 편안한 자세로 누우세요."

"이렇게요?"

산모는 두 손을 모아 봉긋한 배 위에 올렸다.

"외회전술 받아보셨다고 했죠?"

"네."

"그 마음으로 손바닥을 돌리세요. 아가야 돌아라 기도하시면서……."

"네……."

산모가 따라하는 순간, 윤도의 장침이 발바닥 용천혈로 들어갔다. 죽은 사람도 일어난다는 용천혈. 순간 산모가 움찔 반응을 했다. 윤도는 확신했다. 이 장침은 반드시 먹힌다고. 산모 뱃속의 아기까지 무사 출산을 도운 침이었다. 신침은 경험을 받아 노하우로 쌓으니 흔들릴 리 없었다.

"아기가 움직여요."

산모가 소리쳤다.

"괜찮습니다. 차분하게 계속 손을 돌리세요. 착한 아기라 엄마 말을 잘 들을 겁니다."

윤도의 시선이 장침으로 옮아갔다. 손가락이 뜨끈해지는 화침이었다. 짜릿하게 몰린 기를 태반 쪽으로 올려 보냈다. 아기의 반응이 느껴졌다. 출렁거린다. 움직인다. 그 물결을 따라 윤

도의 손도 장침과 박자를 맞췄다. 방향은 엄마의 손바닥 회전
과 같았다.

'옳지.'

아기의 출렁임이 조금 더 힘을 받았다. 윤도의 손이 멈췄다.

침묵.

병실에도 장침에도, 심지어는 지켜보는 의료진들도 모두 침
묵이었다. 그렇게 10분여를 기다린 윤도가 장침 하나를 더 뽑
아 들었다. 혈자리 부근에서 추세를 보더니 거침없이 새끼발가
락 쪽에 장침을 꽂았다. 이 혈자리는 지음혈이었다. 옛 의서에
태아의 역위를 바로 잡는 혈이라고 나오는 혈자리…….

'지음혈……'

송재균의 눈이 반짝거렸다. 그가 뜸을 뜬 혈자리였다. 위치
는 약간 다르지만 지음혈이 분명했다. 하지만 효과를 보지는
못했다. 그런데…….

"어머!"

윤도가 침을 돌리는 순간 산모가 짧은 비명을 터뜨렸다.

"잠깐만요."

윤도가 환자를 진정시켰다. 그 상태에서 장침을 조율했다.
후끈, 이번에도 끝이 뜨끈해지는 화침(火鍼)이었다. 그 파장이
용천혈의 장침과 합치를 이뤘다고 생각될 때 조금 남은 침의
끄트머리를 마저 밀어 넣었다.

"어머!"

산모의 눈이 한 번 더 휘둥그레졌다.

"괜찮으세요?"

레지던트가 산모에게 물었다.

"아기가… 아기가……."

"……."

"움직였어요. 자리를 바꾼 거 같아요."

"네?"

레지던트 눈이 휘둥그레졌다.

"돌았어요. 분명히 돌았어요."

산모는 거의 확신에 차 있었다.

"초음파 한번 의뢰해 보시죠. 아마 돌아간 거 같습니다."

윤도가 침을 빼며 웃었다. 이마는 땀으로 흥건했지만 피로 따위는 느껴지지 않았다.

"김 샘, 초음파실에 응급검사 좀 연락하세요. 환자는 내가 모시고 갈게요."

간호사에게 지시한 레지던트가 침대를 밀며 복도로 나갔다.

"진짜 대단하네요."

마혁이 윤도에게 인사를 전해왔다.

"마땅히 해야 할 일 아닌가요?"

윤도가 웃었다.

"그래도 그렇지. 이건 뭐……."

"송 선생님이 뜸을 뜨고 침을 놓았었다고요?"

윤도가 송재균을 돌아보았다.

"……."

"그 덕분에 혈자리가 말랑해진 거 같습니다. 기혈 흐름이 원만하니 침놓기가 수월했거든요."

윤도는 송재균을 챙겨주었다. 뜸의 덕을 본 것도 완전한 거짓말은 아니었다.

"할 말 없네. 뜸자리까지 침으로 장악하다니… 비법이 뭐야?"

"침에 따뜻한 마음을 실었죠. 그러면 화침이 되거든요."

"하핫, 채 선생만의 비법이군. 나는 언제 그런 재주가 생기나."

"제 생각에는 침이 0.2㎜쯤 덜 들어가서 그렇지 않았나 싶습니다."

"으음, 그거였군. 아무튼 고마워."

송재균의 인사를 받았다. 이제는 윤도와 거리낌이 없는 그였다.

빠라빠방!

그때 부원장의 호출이 들어왔다. 마혁에게 양해를 구하고 부원장 방으로 걸었다.

"부르셨습니까?"

"앉으시게."

부원장은 윤도를 반가이 맞았다.

"하실 말씀이라도?"

"당연히 있지."

"예……."

"암 환자들 치료 말일세, 영상을 다시 보고 있는데 차마 믿기지 않더군. 불과 열흘 만에 이런 차도라니……."

"병이란 게 나으려면 하룻밤 만에 낫기도 하잖습니까?"

"그것하고 같나? 무려 암이었네. 그것도 하나는 폐암……."

"암도 질병의 하나일 뿐입니다. 인체의 기혈이 조화를 이루면 어떤 질병도 퇴치할 수 있지요."

"허어, 명언이군."

부원장이 무릎을 치며 동의했다.

"그래서 말인데……."

잠시 일어선 부원장이 서재 쪽으로 향했다. 그는 조선 침술의 대가 허임의 침구경험방을 뽑아 들었다.

"채 선생 입장을 아는 처지에 이런 말하기 그렇네만… 내 생각이 아니라 모두의 의견이라서 말이야……."

'모두?'

"자칫하면 채 선생 때문에 내 모가지가 날아가게 생겼어요."

"……."

"조선의 침 명의 허임 말일세. 그 양반을 우리 병원에 데려오려면 연봉을 얼마쯤 줘야 할까?"

"……."

"의견 한번 주겠나?"

"제가 그걸 어떻게……."

"그냥 말일세. 편하게 개인적인 의견으로……."

"그 정도의 분이라면 연봉 5억이나 10억이면 될까요?"

"젊은 허임이라면?"

"2~3억?"

"그럼 채 선생, 연봉 3억에 우리 병원에 와주지 않으시려나? 1~2년만 침술 특진을 봐주면 병원 규정을 고쳐서 진료과장 자리 보장해 주겠네. 그 후로 침구학 교수 자리도……."

"……!"

1~2년 뒤에 진료과장 보장!

파격적인 제안이 나왔다.

"원장님께도 재가를 받았네. 연봉은 연구비나 논문지원비 명목으로 더 생각해 줄 수도 있고."

"부원장님!"

"채 선생이 개업을 준비 중이라는 거 잘 알고 있네. 하지만 채 선생은 우리처럼 큰 병원에서 더 많은 사람과 더 다양한 질환을 다루면서 의술을 펼치는 게 더 바람직하네."

"……."

"채 선생처럼 하늘이 내린 침술을 가진 사람이야말로 전국의 고질병이 다 모여드는 우리 병원이 어울린다 이 말일세."

"……."

윤도는 잠시 말을 잃었다.

광희한방대학병원.

전국 최고다. 부원장 말처럼 온갖 고질병 환자들이 몰려든다. 지금도 그렇다. 내원하고 입원한 환자들 중에는 윤도도 모르는 질환을 가진 사람이 많았다. 그저 희망의 끈 하나를 가지고 마지막 손을 내미는 사람들…….

구대홍도 그중의 하나였다. 윤도를 만나지 않았더라면 무릎 아래를 절단했을지도 모르는 구대홍. 하지만 윤도는 혼자 고개를 저었다. 어마무시한 제의지만 시스템 안에 갇히고 싶은 마음은 없었다.

"부원장님!"

마음을 정리한 윤도가 고개를 들었다.

"제의를 받아주시겠나?"

"죄송하지만 고사하겠습니다."

"……"

"그렇게까지 생각해 주시는 부원장님 말씀이 아름답습니다. 저도 처음에는 이 병원에서 일하는 게 평생의 소원이었습니다. 저뿐만 아니라 전국 한의과대학 학생들 대다수가 그렇겠지요."

"그렇다면 잘된 거 아닌가?"

"여기서 일하면 모든 게 좋겠죠. 안정되고 체계화된 시스템에 양방, 한방의 협력 시스템, 거기다 각 분야의 베테랑 한의사들이 포진된 병원이니까요."

"내 말이……."

"반대로 제가 시스템에 안주하게 될 수도 있습니다."

"……!"

"말씀은 고맙지만 저는 제 길을 가겠습니다."

"채 선생……."

"방금 하신 말씀은 듣지 않은 것으로 하겠습니다. 다른 한의사들이 들으면 박탈감과 상실감이 들 테니까요."

"채 선생……"

윤도가 돌아섰다. 방에는 부원장만 덩그러니 남았다.

"허헛!"

부원장이 웃었다. 웃음은 점점 더 얼굴 가득 번져갔다.

'정녕 대물이군. 천리마처럼 결코 가둘 수 없는……'

부원장의 고개가 끄덕여졌다. 거절당했지만 기분이 좋았다. 부원장은 알았다. 윤도의 마음과 머릿속에는 더 큰 의술이 들어 있다는 걸. 그건 3억이나 허튼 보장 따위로 묶어놓을 수 있는 일이 아니었다.

띠로띠롱!

테이블 위의 전화기가 울렸다.

"아, 조 과장?"

부원장이 전화를 받았다.

─어떻게 됐습니까?

조 과장이 물었다. 파격적인 제의의 출발은 조 과장이었다. 개업을 준비 중이라는 걸 알지만 놓치기 싫은 사람이었다. 조 과장이 나서 과장단 분위기를 조성하고 원장의 재가를 받았다. 그런 다음에 부원장이 총대를 맨 일이었다. 하지만 결과는 '보시다시피'였다.

"새장이 크다고 대붕을 가둘 수 있겠나? 마굿간이 넓다고 천리마를 키울 수 있겠나? 내 답은 그걸세."

—채 선생이 거절했군요?

"보기 좋게!"

딸깍!

부원장은 수화기를 놓았다. 허전하다. 그래도 여전히 기분은 나쁘지 않았다.

오늘 윤도의 마무리는 오십견 환자였다. 오십견은 흔한 질환이다. 너무 흔해 그러려니 하고 방치하는 경향이 있다. 하지만 제때 치료하지 않으면 팔을 들 수 없는 지경까지 이른다.

이 환자도 그런 쪽이었다. 며칠 있으면 괜찮아지겠지 하며 파스만 붙이고 떼다가 악화된 후에야 치료에 나선 것이다.

그럴 만한 배경도 있었다. 환자는 백수건달 출신이었다. 자칭 깡 하나로 살아온 사람이다. 그러니 팔 조금 아픈 건 대범한 척 허세로 넘어갔고, 어쩌다 동네 병원이나 한의원에 가면 살벌한 태도를 취하며 자기 마음대로 요구했던 것이다.

병원에서는,

"닥치고 주사나 한 방 놓고 약 주쇼."

한의원에서는,

"나 침발 안 받으니까 좋은 한약이나 주쇼. 싸고 퀄리티 좋게."

…하는 식이었다. 그러니 효과를 보았을 리 없었다. 의사보다 잘난 환자였으니 편작의 육불치 중의 하나에 속했다.

그 성깔은 대학병원에서도 죽지 않았다. 처음에는 조금 조심하는 눈빛이더니 바로 저렴한 허세 각이 표출되었다.

"뭐여? 여기 과장이나 원장 없어?"

윤도와 송재균, 안미란을 본 환자가 눈알에 힘을 주었다. 나이가 어려 보이니 깔보는 것이다.

"팔 좀 주시죠."

윤도가 진맥에 나섰다.

"아, 씨발… 유명하다고 해서 왔더니 마루타여 뭐여? 완전 실습 각이네? 당신들 내가 누군 줄 알아?"

결국 허세 폭주를 시작하는 환자.

"오십견 때문에 오신 거 아닌가요?"

"허, 모르네. 내가 이래 봬도 소싯적에는 한번 떴다 하면 대한민국 흔들던 주먹이야. 지금도 전화 한 통이면 후배들이 한 트럭은 몰려오거든."

"그럼 그분들에게 안마나 받지 여긴 왜 오셨어요?"

윤도의 응수는 초연했다. 이제는 병원의 전폭 지지를 받는 몸. 환자의 저렴한 허세에 휘둘릴 생각은 없었다.

"뭐라?"

"진료 취소 해드려요? 환자 굉장히 많이 밀렸거든요."

"뭐? 최소? 지금 진료를 거부하겠다는 거야? 뭐야?"

"팔 주세요."

윤도가 환자에게 시선을 겨누었다. 부드럽지만 틈이 없는 눈빛이었다. 허세 환자는 콧등을 실룩거리더니 마지못해 손을 내주었다. 동네 병원과는 다른 분위기. 대학병원의 권위에는 허세가 통하지 않음을 안 것이다.

진맥을 했다. 윤도 손길이 환자의 맥을 따라 온몸을 돌았다. 혈자리들의 상황을 알았다. 그로 말미암아 질환을 알았다.

'견응증…….'

견응증(肩凝證).

오십견의 일종으로 볼 수 있는 견응증이었다. 목줄기를 타고 어깨까지 뻗치는 근육통의 통칭이다. 피로나 무리가 주된 원인이며 어깨에 격통이 올 수 있다. 처음에는 통증으로 괴롭고 고질이 되면 팔을 들 수 없는 기능장애를 동반한다.

"팔 올려보세요."

진단을 끝낸 윤도가 확인에 들어갔다.

"아아!"

환자가 자지러졌다. 핏대 올리던 조금 전 태도와는 완전 달랐다. 그 역시 환자에 지나지 않는 것이다. 발병은 이미 수년 전부터였다. 최근 들어 더 악화되면서 격통에 팔 마비 증세까지 동반되었다.

환자는 습관성 일방통행을 잊지 않았다.

"나 침은 안 맞아. 한약이나 잘 지어줘."

침을 안 맞아?

배석하고 있던 안미란이 고개를 들었다.

"용하다는 침쟁이 놈들 다 찾아가 봤는데 전부 개구라더라고. 침도 침 같지도 않은 거 가지고 장난도 아니고……."

"걱정 마세요. 우리 채 선생님 침은 다르니까요."

안미란이 분위기를 잡았다.

"뭐가 다른데? 여기 침은 금침이라도 돼? 응, 그럴지도 모르지. 대학병원이랍시고 진료비 왕창 뜯어먹으려면……"

환자의 빈정은 점점 농도가 심해졌다.

금침.

윤도가 혼자 웃었다. 침술의 문제는 민간요법으로도 많이 쓰이고 있다는 점이었다. 조선시대에는 병원이 일반적이지 않았다. 그러다 보니 나라 차원에서 권하기도 했었다. 급할 때 요긴하게 쓰이는 게 침술이기 때문이었다.

그게 현대까지 이어졌다. 문제는 관리가 되지 않는다는 사실. 일부 민간의 침술가들 경우에는 침술을 과대 포장 해 비방은 물론, 만병통치인 양 선전하는 경우도 있었다.

"지금까지 맞은 침이 이거죠?"

윤도가 4호 호침을 들어보였다.

"허, 저렇다니까. 그저 살갗이나 슬쩍 찌르는……"

"오늘 맞을 침은 이겁니다."

이번에는 장침이었다.

"……!"

침 길이에 놀란 환자가 움찔 움츠렸다.

"금은 아니지만 금침보다 좋은 효과를 얻게 해드리겠습니다."

"당신이?"

"예."

"놓을 줄은 알고?"

"장침 달인이세요."

안미란이 거들고 나섰다.

"달인 같은 소리. 효과 없으면 어쩔 건데? 손해배상해 줄 거야?"

"……"

"저 봐. 의사 놈들은 전부 뻥쟁이라니까. 그저 입으로만 병 긋거리고 치료 안 되면 특수 체질입네, 스트레스네, 신경성이네……"

"고독대님."

윤도가 환자 이름을 호명했다. 마음 같아서는 한 대 쥐어박고 싶은 뺀질이들. 하지만 병원 규칙이 그랬다. 환자가 하늘인 것이다.

"왜?"

"여길 잠깐 보시죠."

환자가 고개를 들자 윤도가 그 앞 침대의 커튼을 살짝 들었다. 침대에는 초등학생 환자가 누워 있었다. 모로 누운 아이 등에 빼곡한 장침이 보였다.

"제가 조금 전에 놓은 침입니다."

"……"

"혹시 아이의 비명을 들으셨습니까?"

"……"

환자가 고개를 저었다.

"그럼 우는 소리는요?"

한 번 더 고개를 젓는 환자.

"만약 제가 서툴다면 아이가 소리를 질렀겠지요. 아이들은 더 솔직하니까요."

"……."

"침을 놓아도 되겠습니까?"

"뭐?"

"한 대만 놓아드리죠. 고독대 님의 특유한 스타일대로 간을 보시고 효과가 없으면 다른 데 가셔도 좋습니다."

"그렇게 자신이 있다?"

"예."

"좋아. 기왕 온 거니 속는 셈 치고……."

환자가 자세를 바로 했다. 혈자리는 이미 짚어두었다. 침을 놓을 수 있는 곳은 많았다. 척택혈, 곡지혈, 견우혈… 거기에 신관혈에 외삼관혈, 사화중, 족오금, 견중혈… 개중에는 강한 자극이 필요한 혈자리도 있었다. 일단 팔을 들 때 고통이 가장 크므로 척택으로 낙점을 보았다.

"끝났습니다."

혈자리를 잡기 무섭게 윤도가 말했다.

"……?"

잔뜩 긴장하고 있던 환자가 눈을 동그랗게 떴다. 팔꿈치 안쪽에 우뚝 선 장침이 전봇대처럼 보였다.

"그, 그새?"

"팔 들어보세요."

"팔?"

환자가 엉거주춤 팔을 들었다. 말투에 비해 조심스럽기 그지 없었다. 까칠한 척하지만 실은 겁이 많은 환자였다.

"……!"

팔을 올린 환자의 눈이 휘둥그레졌다. 어설프게 올라갔지만 아프지 않았다.

"다시요."

윤도의 주문이 이어졌다. 이번에는 조금 더 빨리 올라갔다. 역시 아프지 않았다.

"안 아프네?"

팔을 올리던 환자가 소리쳤다. 그는 여러 방향으로 팔을 움직였다. 그러다 우뚝 동작을 멈췄다. 통증이었다.

"……?"

환자가 동작을 멈춘 채 윤도를 보았다.

"팔을 올릴 때 통증만 잡았습니다."

"……?"

"침 맞기 싫다고 하지 않았습니까?"

윤도 얼굴에 카리스마가 들어왔다. 강자에게 약하고 약자에게 강한 타입의 환자. 치료에 집중하려면 기를 꺾어놓아야만 했다.

"아, 아니 내 말은……."

"더 맞으시겠습니까? 가시겠습니까?"

"······?"

"치료를 받으시려면 제대로 협조를 하세요. 병원을 사기꾼 집단으로 생각하면 침이 통하지 않습니다."

"아··· 내가 언제 또 그랬다고······."

환자의 목소리가 부드럽게 내려갔다.

"더 맞으시겠습니까?"

"그, 그럼요. 사실 아까 한 말은 농담입니다. 내가 원래 말재주가 없어서 입이 좀 거칠어요."

급변한 환자가 윤도 가운을 잡았다.

"그럼 침을 놓겠습니다."

"예!"

환자는 이등병처럼 각 잡힌 목소리로 절도 있게 화답했다. 윤도가 침통에서 장침을 골라 들었다. 그 침은 슬안과 독비를 뚫고 들어갔다. 침이 자리를 잡자 침 끝을 조절해 막힌 혈자리 문들을 열었다. 혈자리는 장침의 신력(神力)을 얌전히 받아들였다.

"이제 팔을 옆으로 움직여보세요."

"옆으로?"

"천천히······."

"움마?"

팔이 통증 없이 올라가자 환자가 입을 쩌억 벌렸다.

"됐습니다. 시간을 맞춰둘 테니 그때까지 얌전히 누워 계세요."

시침은 그렇게 끝났다. 윤도가 돌아보자 안미란이 웃었다.
어느새 얌전해진 까칠 환자. 장침의 효과처럼 신기한 일이었다.

"고마워요. 역시 큰 병원이 다르네."

침을 뽑자 환자가 거듭 인사를 해왔다. 그도 병을 고치는 한
의사 앞에서는 순하디순한 환자였다.

'역시 선생님……'

안미란이 고개를 끄덕거렸다. 한 단계 더 올라가는 윤도의
위상이었다.

9. 초대박 의술 비즈니스

퇴근 직전 부용에게서 문자가 들어왔다.

[선생님, 오늘 혹시 시간 되요?]
[만들어보죠.]
[아버지가 여쭤보라고 해서요.]

'이 회장님?'
잠시 생각하다 답 문자를 보냈다.

[무슨 일인지 알 수 있을까요?]
[의무실 보여 드리려고 그러실까요? 저도 자세히는 모르는데

한번 물어봐 드려요?]

　[그럴 필요까지는 없어요.]

　[차를 보내라고 할까요?]

　[아닙니다. 제 차로 가겠습니다.]

　문자를 끝내고 윤철에게 문자를 때렸다.

　[스포츠카 무보수 운전, 할래? 말래?]

　3초 안에 답 문자가 날아왔다.

　[할래.]

　그리고 30분 후에 흰색 스포츠카가 날아왔다.

　"형, 타!"

　윤철이 내려 조수석 문을 열어주었다. 운전을 맡겼더니 풀서비스를 제공하는 동생이었다. 그만큼 윤철은 스포츠카에 목을 매고 있었다.

　"어디로 모실까요? 닥터님?"

　"그냥 닥터가 아니고 코리아 메디신 닥터!"

　윤도가 바로 잡아주었다.

　"오케이, 어디로 모실까요? 코리아 메디신 닥터님? 아, 디립따 어렵네……."

"TS전자 본사."

"예썰!"

윤철은 부드럽게 핸들을 꺾었다.

스포츠카를 부른 데는 이유가 있었다. 이 차는 이 회장의 선물이었다. 선물을 받았으니 한 번쯤은 보여주고 싶었다. 내가 준 선물을 잘 사용하면 기분이 좋아지는 것. 사람의 심리이기에 예의를 갖춘 것이다.

'무슨 일일까?'

도로 위에서 잠시 생각에 잠겼다. TS전자에는 윤도의 의무실 방이 마련되고 있었다. 어쩌면 그 일 때문일 수도 있었다. 그것도 아니면 이 회장의 건강에 문제가 생겼다. 그래서 침을 맞고 싶은 것……. 이런저런 생각을 하는 사이에 차가 광화문에 가까웠다.

"잠깐 차 좀 돌릴래?"

윤도가 계획을 바꾸었다. 시간의 여유가 있으니 가까운 한의원 현장을 볼 생각이었다.

"우와, 여기가 형 한의원 자리?"

번듯해져가는 현장을 본 윤철이 뒤집어졌다.

"얌전히 차에서 기다려라. 어머니 아버지께는 아직 비밀로 하고."

"우워어, 우리 형, 우리 형이 아니네."

"뭐?"

"위대하신 분이라고."

"짜식……."

등짝을 쳐주고 안으로 걸었다. 공사는 훌쩍 진척이 되어 있었다. 방해가 될까 봐 입구에서 구경을 했다. 그때, 인부 한 사람이 쓰레기를 가져와 구석에 모았다. 바람이 불자 종이 조각들이 날렸다. 종이를 따라 작은 나무 장식 하나가 윤도 발까지 굴러왔다.

"……?"

무심결에 집어든 윤도의 눈이 휘둥그레졌다. 땟물이 꼬질꼬질한 옛날 침통이었다. 열어보니 놀랍게도 침이 들었다. 낡디낡았지만 침이 맞았다. 그 옛날 한의사가 쓰던 것일까? 그게 어느 구석에 처박혀 있다가 실내 대공사로 인해 쓸려 나온 것일까?

침통에는 8개의 구멍이 있었다. 각기 다른 침을 넣는 용도다. 먼지를 털고 주머니에 넣었다. 누가 쓰던 것이건, 쓰레기가 될 물건은 아니었다.

얼마 후에 윤도는 TS전자 본사 건물에 도착했다.

"10분 반경 안에서 놀아라."

"땡큐!"

윤철은 거수경례까지 붙이고 쏜살처럼 멀어졌다.

'짜식.'

"채 의무실장님?"

산뜻한 정장 남자가 윤도에게 다가왔다.

"그렇습니다만."

"전 회장님을 모시는 비서실장입니다. 권 실장이라고 불러주십시오."

30대 중반의 남자가 명함을 건넸다.

"아, 네. 저는 채윤도라고 합니다."

"모시겠습니다."

권 실장이 앞서 걸었다. 윤도는 그 뒤를 따랐다.

"여기서 잠시만 기다려 주시면 회장님이 오실 겁니다. 지금 중역들의 보고를 듣는 중이라서요."

아담한 휴게실에서 권 실장이 말했다. 그가 나가자 여비서가 차를 가지고 들어왔다.

'좋네?'

차를 마시며 휴게실을 구경했다. 전문 서적이 가득 찬 벽이었다. 테이블과 소파도 자유분방해 보였다. 최고의 기업이기에 다소 경직되었을 줄 알았던 분위기는 상상과 달랐다. 서적 중에서 중국 전문서 하나를 뽑았다. 중국 문화와 기업 문화에 대한 내용이었다.

'헤이싼시호……'

명의순례가 생각났다. 거기 참가한 건 정말이지 신의 한 수였다. 그때 말소리와 함께 문이 열렸다.

"오, 채 선생!"

이 회장이 반색을 하며 들어섰다. 권 실장은 문까지 수행을 하고는 나갔다.

"미안하네. 중대한 일이 생겨서 말일세."

"괜찮습니다."

"앉지."

이 회장이 자리를 권했다.

"차는 마셨군?"

"예."

"바쁜 사람 불러서 미안하네. 부용이 말이 대학병원 연수다 개업 준비다 해서 눈코 뜰 새도 없다고 하던데."

"회장님 의무실에서도 일하게 되었으니 인사차 들르는 게 맞다고 생각합니다."

"중국어 아시나?"

이 회장의 시선이 윤도가 꺼내 놓은 책에 머물렀다.

"예, 조금……."

"허어, 한의학 공부만 해도 벅찰 텐데 언제 중국어까지?"

"한의학을 하려면 한문을 많이 알아야 하거든요. 해서 대학 동아리에 들어 몇 년 공부를 했습니다."

"그렇다면 딱이긴 한데……."

이 회장은 뭔가 생각난 듯한 표정을 지었다.

"무슨 하실 말씀이라도……."

"그게 말이지……."

이 회장이 잠시 주저했다. 쉽게 꺼낼 수 있는 얘기가 아니라는 뜻이었다.

"한의학에 관한 거라면 뭐든 괜찮습니다."

"어찌 보면 한의학에 관한 일이긴 하네만……."

"건강에 이상이 생겼습니까?"

"그것도 맞긴 하네만……."

"그럼 기탄없이 말씀하십시오. 그리고 오늘부터 의무실에 근무하는 걸로 쳐주시면 될 일 아닙니까?"

"호오, 그거 합리적인 제안이군? 그럼 염치 불구하고 의견을 구해볼까?"

"예."

"실은 우리가 지금 중국 공장 확장을 추진 중에 있다네. 중국이 예전 같지 않아 굉장히 불안정하지만 그 시장만큼 매력적인 곳도 없으니."

"……."

"그래서 입지가 좋은 곳에 두 번째 공장을 지으려고 하는데 성 서기장이 깐깐해서 인허가 과정에 걸림돌이 많다네."

"……."

"지금 중국 상무위원 한 사람이 주석의 특사로 한국에 들어와 있는데 그 사람이 우리 제2공장이 진출하려는 성의 전(前) 당 서기장 출신이라네. 현재의 서기장을 천거한 사람이니 직통으로 영향력을 행사할 수 있는 위치지."

"예……."

"밀담을 가져보려고 선을 댔는데 절반의 성공에 그쳤네. 만날 의향은 있는 거 같은데 몸이 좋지 않으니 다음으로 미루자는 거야. 그러니까 건강에 이상이 생긴 사람은 내가 아니고 중국 상무위원이라네."

'중국 상무위원?'

윤도가 고개를 들었다. 이 회장의 복안을 알 것 같았다. 태산전자가 마음을 사야 하는 중국 상무위원. 그런데 몸이 좋지 않다. 어딘지는 모르지만 윤도가 고쳐준다면 자연스러운 케미를 촉발할 수 있는 상황······.

"회장님이 아니라 그분에게 제가 필요하군요?"

윤도가 알아서 회장의 가려운 곳을 긁어주었다.

"바로 그거라네."

"어디가 편찮은지도 알고 계십니까?"

"핵심은 이걸세."

이 회장이 뭔가를 꺼내 놓았다. 그건 윤도가 건네준 '영약' 환약이었다. 새 치아를 나게 하는 영약환······.

"회장님······."

"어떻게 하면 이 플랜을 빨리 매듭지을 수 있을까 하다 보니 상무위원의 정보를 수집하게 되었네. 그 양반이 의치라더군. 그런데 나처럼 잇몸 뼈가 좋지 않아 임플란트가 아니고 부분 틀니라고 들었네."

'틀니?'

"채 선생, 한의사시니 잘 알겠지만 치아가 없는 사람의 소원이 뭔지 아나?"

"그야··· 새 치아······."

"그렇지. 그거만 한 선물이 없지."

"하지만 이 환은······."

"채 실장이 내게 준 선물이지."

"……."

"그냥 선물이 아니라 채 실장 마음이라는 것도 잘 알고 있네. 정말 치아가 난다면 그거야말로 지상 최고의 보물이 아니겠나?"

"……."

"중국통인 우리 김 전무를 통해 좋은 약이 있다는 의사를 전달했는데… 상무위원이 웃었다고 하더군. 믿을 수 없다는 거지."

"예……."

"그러니 채 실장이 한 번만 나서주면 안 될까? 이 양반들이 나흘 후면 중국으로 돌아갈 일정이라 말이지."

'나흘?'

"분위기상 내가 전달하는 것보다 채 실장이……."

"……."

"이 건이 성사만 된다면 보너스도 두둑하게 안겨 드리겠네."

"그분은 어디 계시는지요?"

"가까운 호텔에 묵고 있네. 치은통이 심하다고 하더군."

치은통.

잇몸이 아픈 상태를 말한다. 치통이나 치은통은 상상보다 심각한 통증이었다.

"제가 할 일은 그분에게 새 이가 나게 해주는 거로군요."

"맞네. 다만……."

이 회장은 담담하게 우려를 이어놓았다.

"치아가 나지 않는다면……."

쪽박!

이 회장의 우려는 그것이었다. 오히려 역효과가 나는 것이다. 어쩌면 지금까지 투자한 시간과 자본을 모두 버리고 제3의 장소를 물색해야 할 수도 있었다. 상무위원 입장에서는 농락을 당했다고 생각할 소지가 있는 까닭이었다.

그렇기에 다른 의사의 제안이었으면 생각지도 않았을 이 회장. 그러나 자신의 딸과 아들을 구한 기적을 몸소 겪었으니 모험을 거는 것이다.

"안 될까?"

"아닙니다. 보내주십시오."

"채 실장……."

"태산전자 의무실장 직함을 받은 기념으로 한번 해보죠."

"고맙네. 다만 이 사람이 늙어 기우가 심하다 보니 마지막으로 확인하는데……."

이 회장의 목소리는 심각하고도 묵직하게 이어졌다.

"치아가 나는 게 확실한가?"

"준비되셨나?"

상무위원 자오후닝의 호텔 로비에서 김 전무가 물었다. 이 회장이 특별히 붙여준 사람. 그는 중국 제2공장 프로젝트를 맡고 있는 사령탑이기도 했다.

"네."

"그럼 잠시만 기다리시게."

김 전무가 핸드폰을 꺼냈다. 오면서 미리 상무위원 비서관과 연락을 한 상황. 중국 측은 다소 미온적인 태도로 나왔지만 방문 강행을 한 김 전무였다.

"내려오겠다는군."

김 전무가 통화를 끝냈다. 윤도의 시선이 엘리베이터로 향했다.

중국 상무위원.

중국 정치는 잘 모르지만 권력의 핵심이라고 했다. 그렇기에 한국의 웬만한 장관도 거들떠보지 않는 거물. 태산전자조차도 저자세인 걸 보면 그 위세를 알 만했다.

짧은 시간, 윤도는 이 회장을 떠올렸다.

"치아가 나는 게 확실한가?"

그 한마디는 더 없이 비장했다. 사운을 건 정도는 아니지만 조 단위의 예산을 준비한 제2공장. 한마디로 총성 없는 전장이 아닐 수 없었다.

때엥!

엘리베이터 종소리와 함께 문이 열렸다. 안에서 사람이 나왔다. 남자와 여자였다. 전무는 여자를 향해 극진한 예를 갖췄다. 상무위원 수행책임자 진 비서였다.

"이분이 회장님께서 대인께 추천하는 한의사입니다."

김 전무가 중국어로 말했다. 진 비서의 시선이 윤도에게 옮겨왔다. 윤도도 가벼운 인사를 건넸다.

"큼, 너무 젊지 않나요? 의술은 경험도 중요한데… 크흠."

목 고르는 소리와 함께 나오는 진 비서의 어투는 결코 우호적이지 않았다.

"그래도 침술은 중국의 전설적 명의 편작과 화타에 비견되는 실력입니다."

김 전무가 윤도를 띄웠다.

"큼, 직접 맞아보셨나요?"

"……?"

그 한 마디에 전무의 대꾸가 길을 잃었다. 이 회장의 지시만 받았지 직접 경험한 적은 없는 김 전무였다. 게다가 윤도와는 오늘이 초면이었던 것.

"우리 회장님의 자제분 둘을 사경에서 구한 의술입니다."

"어쨌든 김 전무께서 겪어본 일은 아니로군요."

"……."

"대인께서는 통증이 조금 가라앉아 눈을 붙이고 있습니다. 괜한 수고할 거 없이 돌아가세요. 저도 병원에 볼일이 좀 있고… 크흠!"

진 비서는 목을 가다듬고 돌아서버렸다.

"이, 이봐요. 진 비서."

김 전무가 부르지만 그녀의 걸음은 멈춰지지 않았다. 하지만 윤도의 한마디가 그 발을 세웠다.

"목에 가시 걸렸죠?"

회전문 앞에서 진 비서와 수행원이 돌아보았다.

윤도가 한 발 다가섰다.

"크음……."

진 비서는 대답 대신 불편한 기침을 밀어냈다.

"대인께 놓을 침이었지만 바쁘시다니 선생님께 놓아드리죠."

윤도가 진 비서를 마주 보았다.

"이봐요. 이건 침으로 해결될 게 아니라……."

"중의들은 안 되나요?"

윤도 목소리에는 힘이 가득했다.

"뭐라고요?"

"저는 할 수 있습니다."

"이봐요. 이 가시는 안으로 깊어서 보이지도 않는……."

"손목에 한 방이면 충분합니다."

"한 방?"

윤도가 진 비서의 손목을 잡았다. 로비의 의자에 앉은 진 비서의 손목으로 장침이 들어갔다. 손목 아래 내관혈에 가까운 간사혈이었다. 최대한 빠르게 시침하고 혈자리 반응을 재촉했다. 그녀의 목울대가 울컥하는 순간 장침을 뽑았다.

전광석화.

조금 서두른 감은 있었다. 하지만 그리 어려운 시침은 아닌 상황. 침술에 멋을 내는 윤도는 아니지만 이번만은 극적인 효과를 위해 퍼포먼스를 조금 입혔다.

"끝났습니다."

"끝나? 응?"

진 비서가 목을 만졌다.

"큼큼!"

목 조절 후에 침도 넘겨보았다. 그녀의 눈은 이내 휘둥그레 변했다.

'넘어갔어?'

황당한 얼굴로 윤도를 바라보는 진 비서…….

"아쉽군요. 대인의 잔병도 해결하고 더불어 오랜 치아 고민 도 풀어드리러 왔는데……."

인사를 남긴 윤도는 미련 없이 김 전무를 향해 돌아섰다.

"가시죠."

"그럴까?"

김 전무 역시 태산전자의 대표 중역다웠다. 윤도의 속내를 눈치채고 바로 장단을 맞춘 것이다. 나름 승부수였다. 윤도 머 리에는 인삼 장수 임상옥의 일화가 있었다. 먼 옛날 임상옥이 중국에 갔을 때 상인들이 담합해 인삼값을 후렸다. 임상옥은 인삼을 쌓아놓고 불을 질러 버렸다. 설마 하던 중국 상인들은 애걸을 하며 불을 껐다. 일부 인삼이 탔지만 남은 인삼값을 높 여 충분한 이득을 취했다.

그 전략이었다. 단 한 방이지만 침술의 가치를 선보였다. 진 비서는 상무위원의 복심. 누구보다 상무위원이 가진 질병의 애 환을 알 사람이었다.

"이봐요."

몇 걸음 떼기 무섭게 진 비서가 윤도를 불렀다. 윤도는 못

들은 척 계속 걸었다.

"이봐요."

다급한 진 비서가 윤도 옷깃을 잡았다.

"왜 그러시죠?"

윤도가 무심하게 돌아보았다.

"가시 말이에요. 사실 우리 수행단 중에도 침술을 아는 사람이 있어요. 하지만 엄두도 못 낸 일이라 한국 병원에 가던 길인데……."

"대인을 모시는 일입니다. 보통 의술이면 회장님께서 보내셨겠습니까? 회장님은 진심으로 대인을 위해 대한민국 대표 한의사를 보내신 겁니다."

김 전무가 슬쩍 윤도 가치를 높여놓았다.

"제가 좀 성급했네요. 대인께 다시 말씀드려 볼 테니 조금만 더 기다려 주세요."

진 비서는 잰걸음으로 엘리베이터에 올랐다.

"과연 명의시군."

엘리베이터를 보며 김 전무가 말했다.

"전무님이야말로 명 경영진이십니다."

"보조 맞춘 것 말인가?"

"예."

"그 정도 감각도 없이 세계시장에서 살아남기는 힘들지."

"……."

"하지만 보조야 어느 정도 눈썰미만 있으면 가능하다네. 문제는 상황의 지배가 아닌가."

"상황의 지배……."

"아니, 상황의 역전이랄까? 채 실장이 적어도 9회 말 동점 찬스를 만들어놓은 거네."

"제가 아니고 '우리'입니다."

"나는 거들었을 뿐이야. 채 실장의 의술 카리스마… 굉장했어."

"그렇다면 이제 진짜 가시를 뽑아야죠?"

"중국 프로젝트에 걸린 가시?"

"맞습니다."

윤도의 목소리에는 흔들림이 없었다. 김 전무는 그 태도에 매료되었다. 처음 만난 사이지만 든든하기 그지없는 윤도였다.

"만나보시겠답니다."

잠시 후에 진 비서가 내려왔다.

'상무위원.'

윤도는 그 무거운 단어를 내려놓았다. 소국의 대통령보다도 막강하다는 중국의 상무위원. 태산전자 입장에서는 어떻게든 그의 호의를 받아야 하는 상황. 하지만 윤도는 지금 정치가 아니라 진료를 위해 온 한의사였다.

그렇기에 생각했다. 상무위원이 아닌 한 사람의 환자. 신분 같은 건 다 내려놓고 오직 환자로만 대하겠다고. 그러니까 지금 이 순간, 막강 권력의 상무위원은 그저 윤도의 환자였다.

상무위원=한 사람의 환자.

그 팩트만 생각하니 마음이 편해졌다.

"대인 나오십니다."

VIP룸에서 진 비서가 말했다. 객실은 굉장히 크고 화려했다. 슈페리어룸이니 스위트룸이니 하는 객실과는 차원부터 달랐다.

딸깍!

문이 열렸다. 문 안에서 한 사람이 드러났다.

"……!"

윤도의 시선이 멈췄다. 안에서 나온 한 사람, 키가 굉장히 작았다.

"대인을 뵙습니다."

김 전무가 먼저 인사를 했다. 윤도도 뒤를 이었다.

"중국어를 할 줄 아오?"

상무위원 자오후닝이 윤도를 바라보았다.

"예."

"한의사시라고?"

"예."

윤도가 답했다.

"무엇을 할 수 있소?"

"진맥을 보고 말씀드리겠습니다."

"진맥……."

상무위원이 소파에 앉았다. 김 전무와 윤도, 진 비서 등은 일동 숨을 죽였다.

"나는 번거로운 걸 싫어하오만."

상무위원이 선을 그었다.

"그럼 애로를 말씀해 주시지요."

"명의라면 환자의 얼굴만 봐도 병색을 알아내는 법 아니오?"

상무위원의 눈빛이 윤도를 겨누었다. 얼굴만 봐도 병을 알아내는 명의… 책에는 있었다. 전설적 명의들이 그랬다. 안색만 보고도 며칠 못 살 것을 예측한 명의가 한둘인가? 태창공 순우위가 그랬고 편작이 그랬다. 가까이는 조선의 허준도 그 레벨이었다.

상무위원은 그 예로써 윤도의 의술을 가늠하고 있었다.

"명의마다 갈래가 다른 법입니다. 중국이 자랑하는 편작의 집안만 해도 그렇죠. 그들 형제들은 모두 의원이었지만 한 사람은 병이 생기기 전에 처방을 했고, 또 한 사람은 병이 든 후에 처방했으며 마지막으로 편작은 중병을 주로 치료했습니다. 그렇기에 의서에는 편작이 최고의 명의로 꼽히지만 정작 편작 자신은 자신의 형제들을 명의로 꼽았었지요."

"그럼 당신은 어떤 갈래의 명의요?"

"이거죠."

윤도가 장침을 뽑아보였다.

"장침이라……."

상무위원이 손짓을 보냈다. 그러자 진 비서가 뭔가를 건네주었다.

'침통?'

윤도가 미간을 좁혔다. 진 비서가 건네준 건 분명 침통이었다. 익숙한 침통에 긴장하는 건 길이 때문이었다. 장침을 담는 통보다도 압도적으로 길었다.

"이런 침 본 적 있소?"

상무위원이 침통을 열었다. 침이 몇 개 나왔다.

"······!"

윤도의 시선이 멈췄다. 망침이었다. 장침에서 발전한 망침. 그러나 이 망침은 윤도가 본 것보다도 유난히 길어보였다.

"내 주치의 쑨취앤이 이걸 잘 놓지. 해서 보기만 해도 위안이 되기에 좋은 걸로 한 통 얻어 간직하고 있소이다만."

"······."

"시침해 본 적 있소?"

"······."

"없군?"

"한 번 있습니다."

"한 번?"

"그렇습니다."

"한 번은 경험으로 보기 어려우니 명의는 아니잖소? 내 예전 방한 때도 호기심에 한의를 불렀으나 조그만 호침으로 손장난이나 하다 가더이다. 효과도 그저 그랬고······."

"침의 길이가 명의에 비례되는 것입니까?"

"환자에게 맞추는 게 명의의 기본이 아니오? 중국의 내 주치의는 그렇게 말했소만."

"그 주치의의 시각은 너무 편협합니다."

윤도가 맞불을 놓고 나섰다. 옆에 선 김 전무의 눈매가 파르르 경련하는 게 보였다. 상대는 중국 최고위급 권력자. 둘은 지금 상무위원의 마음을 사러 온 특사들이었다. 그렇기에 상무위원이 싫다면 돌아서서 다음 기회를 노리는 게 옳았다. 그런데 윤도의 반응은 정면 대응이었다.

'끄응.'

김 상무가 신음을 삼켰다. 그렇다고 끼어들기도 마땅치 않은 상황이었다.

"편협하다?"

"예."

"그렇다면 당신이 옳다는 걸 증명해야 할 텐데?"

상무위원 눈동자에 핏발이 서자 실내에 짜릿한 긴장이 흘렀다.

"원하시면 망침으로 시침해 드리죠."

"한 번 해본 실력을 믿어도 되겠소?"

"한 번이지만 침 하나로 두 명을 찔렀습니다."

"그 무슨 궤변이오?"

"산모의 배를 관통해 태아 손의 합곡혈을 찔렀으니까요."

"……!"

윤도의 말에 상무위원이 움찔 흔들렸다.

산모 배 안의 태아?

"그건 보지 못했으니 그렇다 친 대도 내 망침은 한국 망침보다도 더 길다오."

"침은 한의사 몸의 일부인 것이니 조금 길고 짧은 것은 문제가 되지 않습니다."

"······!"

"방금 환자와 한의사의 관계를 말씀하셨으니 덧붙이는데 환자 역시 자신의 고질병을 고치고 싶다면 의원에게 마음을 열어야 합니다. 저는 마음을 열지 않는 환자는 치료하지 않습니다. 이는 중국 명의 태창공의 삼불치와 편작의 육불치에 나오는 말이니 중국 사람인 대인이 모르지 않겠지요."

"······."

"······."

"내 고질병의 으뜸은 치아와 치통이네만."

침묵하던 상무위원이 말을 이어놓았다.

"알고 왔습니다."

"이 회장 쪽에서 말한 치아 소생 약의 비방을 만든 사람이 당신이신가?"

"그렇습니다."

"내 그 말을 듣고 내 주치의에게 물었네만 한참을 웃더군. 그런 약은 중국의 전설 속에나 나오는 영약이라고."

"인간의 기혈도 전설 같은 물질이지요. 말로는 설명이 어려운 것이니까요."

윤도가 맞받았다. 차분하지만 흔들리지 않는 신념이 배어나오는 표정. 가냘픈 듯하면서도 고고한 태도에 상무위원의 눈꺼풀이 내심 경련을 했다.

"자신한다?"

"오랫동안 고질병에 시달린 병자들은 골똘해집니다. 많은 치료법에 매달리지만 잘되지 않으니 한두 번, 혹은 며칠 만에 포기를 하지요. 물론 그런 병들의 치료가 쉽지 않은 건 사실입니다. 치료란 병이 깊어진 시간만큼 돌아가야 하는 것이니까요."

"그렇기에 이 회장의 호의를 거절한 거라네. 회장께서 말하길 며칠이면 효과를 볼 거라고 했는데 당신의 말과도 모순되는 것 아닌가?"

"다른 의원이 불가능한 치료, 그걸 가능하게 하는 게 명의 아닙니까?"

"명의라……."

상무위원의 눈빛이 윤도를 겨누었다. 그의 안광은 강철판이라도 뚫을 것 같았다. 대륙 지배자의 한 사람인 상무위원. 그 무게만큼의 내공이 담긴 눈빛이었다.

"진정한 명의는 자기 입으로 칭하지 않는 법."

"아름다운 말씀이지만 진정한 명의라면, 환자를 치료하기 위해 어떤 불명예도 감수해야 한다고 생각합니다."

"당신이 생각하는 명의란 어떤 사람인가?"

"명의는 한두 가지 정의로 구분할 수 없습니다. 한 가지 확실한 건 세상 사람들에게 있어 명의란……."

윤도는 상무위원을 반듯이 바라보며 말을 이어놓았다.

"자기 병을 고쳐주는 사람이지요."

"……!"

상무위원의 눈동자가 잠시 출렁거렸다.

기살명의(氣煞名醫).

그런 말이 있었다. 명의의 기를 죽인다는 뜻이다. 상무위원의 공세는 묵직했지만 윤도는 흔들림이 없었다.

"그렇다면 내게 어떤 비방을 쓸지 말해주겠나? 침과 그 영약 말일세. 당신 말이 환자와 의사는 소통해야 한다는 것 같으니 그 정도는 가능하겠지?"

"그러자면 마땅히 대인의 진료가 선행되어야 합니다."

"그렇군."

웃음을 머금은 상무위원이 손을 내주었다. 내공 겨루기는 일단 윤도의 승이었다.

상무위원의 손목은 짧고 다부졌다. 윤도가 손목을 잡았다. 진맥, 진맥의 시작이었다. 집중했다. 시간은 적당한 선에서 끊었다. 오래 끌면 부족하다 할 것이고 짧게 끊어도 실력의 의심을 살 일이었다.

"잇몸에 출혈이 있으시군요?"

"그런가?"

"류머티즘도 중증입니다."

"그런가?"

"모두 소장에서 기인한 병입니다."

"그런가?"

"대장경은 치료한 흔적이 있군요. 나쁘지 않지만 근본은 거기가 아니었습니다."

"그런가?"

"중국에 있는 주치 중의(中醫)에게 확인하시고 싶으면 이렇게 전하십시오."

진맥을 끝낸 윤도가 설명을 시작했다. 주변을 압도하는 목소리였다.

"새 치아가 나게 하는 처방은 경옥고와 신침법(神枕法)에서 왔으나 묘방이기에 공개는 불가하다. 이는 고래의 처방으로 두 처방 공히 검은 머리가 희어지고 치아가 새로 나니 고서를 참고하면 될 것이오, 당장의 잇몸 출혈은 곡지혈을 중심으로 잡을 것이며 류머티스를 위해 소장수를 취혈할 것이다. 두 혈의 염전(捻轉)은 혈자리의 기혈 기세에 따라 보사를 맞출 것이며 제삽(提揮)의 시작은 부드럽되 마지막은 활을 겨누듯 할 것이다."

"……!"

상무위원은 신경을 곤두세웠다. 여기서의 염전제삽(捻轉提揮)은 침을 잡고 돌리는 법과 환부에 넣고 빼고 하는 손 기술이었다.

"그러나 진정한 병소는 대장경이 아니라 신장이니 주치의께서는 대인이 귀국하면 신장을 보하는 약재로 체질을 달래 개선해 주길 바란다. 이는 신장에서 출발한 기혈 작용이 대장에 미치고, 그 다음에 삼초에서 소장에 미치기 때문인데 대인의 치은과 치조는 대장경의 영향을 받고 있다. 그렇기에 대장경 치료에 치중하기 쉬우나 근원을 달래지 않으면 새로 치아가 난다 해도 시간이 흐르면 다시 빠질 수 있으며 나아가……."

마지막 말은 상무위원의 귀에다 속삭여 주었다. 단호한 설명에 주저 없는 행동. 그 언행에 주변 사람들 모두가 초긴장이었다. 김 전무와 진 비서, 그 둘은 숨도 쉬지 못하고 윤도와 상무위원의 행동을 주목하고 있었다.

윤도 얘기를 들은 상무위원의 입술 주변이 파르르 떨렸다. 하지만 그는 결국 객실이 떠나가라 웃음을 터뜨리고 말았다.

"와하하핫!"

"……"

"과연 이 회장이시군. 젊은 의재이기에 내 그 깊이가 궁금했는데 도무지 헐렁한 곳이 없소이다. 결례를 용서하고 자리에 앉으시오."

칼날 같던 상무위원의 표정이 부드럽게 풀렸다. 어투도 경어로 바뀌었다. 윤도의 의술을 인정한다는 의미였다.

"차를 내오거라."

상무위원이 수행원에게 말했다.

"대인의 질환이 오래되었으니 치료가 우선입니다."

윤도는 한의사의 본분을 지켰다.

"좋아요. 그게 바로 의원의 자세지. 어디에서 시작할까요?"

"아무 데고 편안히 누울 수 있는 곳이면 됩니다."

상무위원은 진 비서의 안내를 받아 자기 침대로 향했다.

"이거……"

상무위원의 망침 통을 바라보며 윤도가 말을 이었다.

"제가 써도 될까요?"

"……?"

윤도의 물음에 진 비서가 먼저 반응을 했다. 그녀는 윤도와 상무위원의 대화를 모두 들었다. 그렇기에 기억하고 있었다. 윤도의 망침 경험은 단 한 번뿐이라는 것을.

"그건……."

"원하시면 쓰시오."

허락은 상무위원 쪽에서 나왔다. 거물답게 흔쾌했다. 윤도가 망침을 꺼내 침날을 휘어보았다.

티잉!

침날에서 탄주가 나왔다. 울림은 가늘고 길었다. 침의 길이 만큼이나 긴 여운. 그러나 오직 윤도만 듣는 그 여운…….

후웅.

손가락이 반응을 했다. 화침의 반응이었다.

'원래는 뜸을 뜨면 좋은 곳…….'

손의 반응으로 감을 잡은 윤도, 망침을 거침없이 소장수혈에 밀어 넣었다. 혈자리는 편안하게 침을 받았다. 장침이 그랬 듯이 칼집을 찾아가는 칼날 같았다. 긴 침을 잡고 말단에 화기(火氣)를 밀어 넣었다. 손가락은 침의 길이에 비례해 다른 날보다 조금 더 뜨거웠다.

이어 또 하나의 망침을 뽑아 들었다. 이 침이 백미였다. 달리 망침일까? 달리 장침보다 길게 만들었을까? 윤도의 망침은 믿기지 않게도 손목 위의 외관혈에서 팔목 안쪽의 곡지혈을 찾아 들어갔다. 이른바 투침법, 외관 투 곡지의 시침이었다. 그러나 그 또한 물 흐르듯 자연스러웠으니 시침을 바라보던 진 비서는 놀란 입을 막을 뿐이었다.

침의 삽입은 들숨에서 이루어졌다. 목적하는 깊이까지 단숨에 찌르고 날숨으로 바뀔 때 침의 3할을 살짝 뽑았다. 다시 들숨이 나오면 더 들어가고 날숨 때 뽑기를 반복하며 혈자리를 들락거렸다. 원래는 여섯 번을 하면 좋을 자리. 그러나 침을 맞은 흔적이 있기에 다섯 벗을 하고 끝냈다.

소장수는 류머티스를 위한 침이었고 곡지혈은 치조 출혈을 잡기 위한 침이었다. 거기에 덧붙은 외관혈은 몸의 중심유지와 소소한 두통을 위한 서비스였다.

'60분.'

타임은 길게 맞췄다. 정신은 충만하지만 육신은 부실한 상무위원이었다. 소장과 대장이 좋지 않아 생긴 구강의 질환이었다. 당연히 건강과 반대쪽으로 갈 수밖에 없는 몸이었다.

찰칵!

진 비서가 사진을 찍었다. 어디론가 전송을 했다. 잠시 후에 답이 오자 그걸 상무위원에게 보여주는 진 비서. 상무위원의 표정은 한 겹 더 풀어졌다. 사진의 전송지는 중국이었다. 상무위원의 주치의에게 보여 확인을 받은 모양이었다. 중의의 이의는 당연히 없었다.

소장수혈은 상무위원의 류머티스에 특효였다. 세팅한 시간이 다 되어가자 손목과 발목의 붓기가 빠지는 게 보였다.

"침을 뽑겠습니다."

안내 말과 함께 망침을 뽑았다.

"손가락은 어떻습니까?"

"……?"

상무위원의 눈이 손가락에 멈췄다. 늘 찌뿌둥하던 손가락. 비라도 올라치면 손가락 관절에 녹이 슨 듯 뻑뻑하면서 유리칼로 찌르는 듯한 통증이 수반되던 손가락이었다. 하지만 지금은 기름을 칠한 듯 부드럽게 움직였다.

"마디가 시원하구려."

"발목의 붓기도 확인하십시오."

"오!"

상무위원은 허리를 굽혀 발목을 쓰다듬었다. 늘 허풍선이처럼 부풀어 있던 붓기가 사라진 것이다.

"입의 출혈도 멈췄을 겁니다."

"퉤에!"

상무위원이 침을 뱉었다. 혈흔이 나왔다.

"……."

그가 윤도를 바라보았다.

"물을 마시고 해보십시오. 그 혈흔은 이미 나왔던 혈흔입니다."

상무위원은 윤도의 말에 따랐다. 이후 서너 번이나 침을 뱉고 티슈를 물어보지만 혈흔은 거의 보이지 않았다.

"니 시 주빵데!"

상무위원이 마침내 엄지를 세웠다. 당신이 최고라는 뜻이었다.

"그럼 지금부터 제 처방약을 위한 침을 좀 놓겠습니다."

"그러시오."

허락이 흔쾌하게 나왔다.

"이제 제 침을 써도 될까요?"

"그것도 그러시오."

상무위원이 말하자 장침을 뽑아 들었다. 네 장침이 그의 손으로 향했다. 목적혈은 양곡과 양계혈, 후계와 합곡혈이었다. 이들은 소장경과 대장경에 속하는 혈자리였다.

장침 중 하나는 일침사혈로 들어갔다. 합곡으로 들어가 노궁혈과 소부혈을 지나 후계혈에 닿았고, 양계에서 들어가 양곡에 닿았다. 양손 가지런히 들어간 침은 보기에도 좋았다.

일침사혈.

찰칵.

진 비서의 카메라가 움직이지 않을 수 없었다.

찰칵찰칵!

각도를 바꿔가며 몇 장이고 거푸 찍어댔다.

"어, 몸이 가뜬하네?"

네 장침을 발침하자 상무위원이 밝은 표정을 지었다.

"입주변의 기혈을 원활하게 만들었습니다. 약발을 잘 받게 하기 위한 사전 조치죠. 침을 넣는 김에 다른 두 혈을 잡아 일침사혈의 시침을 했습니다. 기혈 작용이 촉진될 일이니 컨디션이 좋아질 겁니다."

"일침사혈이면 침 하나로 혈자리 네 개를?"

"예."

"……!"

상무위원의 입이 벌어질 때 진 비서가 다시 핸드폰 문자를 보여주었다. 중의가 보낸 문자였다. 상무위원은 저 혼자 고개를 끄덕거렸다. 분위기를 탄 윤도가 영약을 꺼내 놓았다.

"밤에 잘 때 물고 자십시오. 3일 지나면 이가 나오기 시작할 겁니다. 마지막 3일차에는 다시 출혈이 있을 것이니 한 번 더 시간을 내주시기 바랍니다. 그 안에라도 특별한 문제가 생기면 연락하시고요."

"이걸 먹으면 새 이가 난다?"

상무위원이 영약환을 바라보았다.

"약재가 귀한 것들이라 다시 만들기 힘든 것입니다. 흠이 가지 않게 주의해서 복용하시기 바랍니다."

"기가 막히군. 전통 의학은 우리 중국이 최고인 줄 알았는데……."

상무위원은 영약에서 눈을 떼지 못했다.

"중국이 최고인 것도 있고 한국이 최고인 것도 있으니 서운해 마십시오."

"내 주치의가 한국의 옛 문헌도 자주 공부하거니와 한국의 의사들은 대개 심의는 드물고 약의만 득실거린다고 하였는데 선생을 보니 달리 생각해야 할 것 같소."

상무위원.

역시 허접한 내공은 아니었다. 그의 입에서 나온 심의와 약의는 세조실록에 나오는 팔의론(八醫論)이었다. 흔히들 의사를 평가할 때 명의라는 말을 많이 쓴다. 그 위로 선의, 신의, 천의 같은 수식어도 나온다. 조선에서도 한의사에게 등급을 매겨 불렀다.

1) 심의(心醫)—환자로 하여 마음을 편하게 만드니 환자는 의원의 눈빛만 보아도 마음이 안정된다. 이렇듯 품격 있는 한의사를 심의라 한다.

2) 식의(食醫)—환자의 병세를 판단할 때 정성이 부족하고 환자가 말하는 병명만 생각해 약을 지으니 식의라 칭한다.

3) 약의(藥醫)—환자 질환의 중경은 신경 끄고 환자가 호소하는 곳의 약만 먹이며 차도를 기다리니 이를 약의라 부른다.

4) 혼의(昏醫)—병자에 따라 부화뇌동하며 오로지 비싼 약만 팔려 하니 이를 혼의라 명한다.

5) 광의(狂醫)—환자의 호소는 늘 과장됨을 모르고 강한 약을 함부로 지어 먹이니 이를 광의라 부른다.

6) 망의(妄醫)—신분에 따라 환자를 대우하며 누구를 자신이 고쳤다고 강조하며 비싼 약을 권하니 이를 망의라 명한다.

7) 사의(詐醫)—멀쩡한 사람을 유혹해 자신의 약을 비방이자 만병통치약이라 선전하니 이를 사의라 한다.

8) 살의(殺醫)—환자나 질병 퇴치에는 별 관심 없고 다른 의원의 약 처방에 대해 감 놔라 배 놔라 하며 이름을 팔며 사니 이를 살의라 칭한다.

그러고 보니 조선시대에도 약을 가지고 장난치는 인간이 있었던 모양이다.

"대인의 주치의께서 본 책에 나오는 내용입니다. 그걸 말미암아 폄하하신 모양인데 21세기 한국에는 식의 밑의 한의사는 존

재하지 않습니다."

윤도가 잘라 말했다. 설령 그런 한의사나 의사가 있다고 한들 일부에 불과할 일로 생각했다.

"그럼 저는 이만……."

설명을 끝낸 윤도가 가볍게 고개를 숙였다.

"아, 잠깐."

상무위원이 발길을 세웠다. 금고로 다가가 문을 열었다. 상무위원은 뭔가 주섬거리더니 봉투를 만들어 내놓았다.

"받아주시오."

"이게 뭔지……."

"진료비로 알고 가져가시오. 당장은 가져온 외환이 그것뿐이고……. 당신 말대로 새 이가 난다면 돈으로 계산할 수도 없는 일. 그건 그때 다시 생각해 드리겠소."

"진료비는 필요 없습니다. 대인의 망침을 빌렸으니까요."

"우리 말에 영약은 그만한 대가를 치러야 소용이 있다는 말이 있어요."

상무위원 눈매에 다시 힘이 실렸다. 대륙 최고 정치가의 한 명. 호의를 무시하면 역작용이 생길 것 같았다.

"정 그러시다면……."

윤도가 봉투를 받았다. 볼륨감이 제법 두툼했다.

"채 실장."

엘리베이터 안에서 김 전무가 입을 열었다.

"네."

"내 생전 의술 때문에 애가 타기는 처음이었네. 의술을 앞세워 비즈니스를 하기도 처음이고……."

"그랬습니까?"

"어떻게 되는 건가? 분위기는 좋던데?"

"일단 신뢰를 형성했으니 3일을 기다려야 합니다."

"하루나 이틀만에는 안 되는 일인가? 3일이면……. 그다음 날 저들이 중국으로 돌아갈 일이라……."

"원래는 3개월인데 3일로 당긴 일입니다."

"허어!"

"새 이가 나는 일입니다. 작은 상처가 낫는 게 아니거든요."

"미안하네. 이게 워낙 큰 프로젝트다 보니……."

"괜찮습니다."

"그건 그렇고 상무위원 귀에 속삭인 건 무엇 때문이었나?"

김 전무가 물었다. 그도 궁금한 모양이었다.

"남자들의 문제입니다."

"정력?"

"예."

"그런데… 그 처방은 해주지 않은 것 아닌가?"

"미리 말씀드린 처방에 들어 있으니 따로 말할 필요가 없었습니다. 그 또한 신장의 기혈이 좋아지면 차츰 좋아질 문제거든요."

"오, 그렇군."

"한방에서는 기혈의 조화가 우선이니 기의 순환이 원활해지면 자잘한 병은 함께 사라집니다."

"허헛, 채 실장의 출근을 학수고대해야겠군. 나도 그 장침 한 번 맞아보아야겠어."

"그렇게 하시죠. 그런데 이건 어떻게 할까요?"

윤도가 봉투를 들어보였다.

"그거야 당연히……."

김 전무가 봉투를 윤도 주머니에 쑤셔 넣었다. 봉투 속에 든 건 위안화가 아니라 100달러 지폐였다. 나중에 세어보니 무려 8,800불이었다. 체류비로 가져온 돈 전부를 준 모양이었다.

3일.

태산전자에게 천 년 같은 시간이 되고 말았다.

3일.

윤도에게도 그럴 것 같았다.

『한의 스페셜리스트』 4권에 계속…